KB270644

서문문고
138

오델로

세익스피어 지음

김 재 남 옮김

The Tragedy of Othello

by

William Shakespeare

기에 대해서는 소년이 개구리를 밟아 죽이는 것 같은 자기 힘의 과시라는 등의 논쟁이 많다. 그러나 샤일록의 경우처럼 원래는 줄거리에 따라 필요한 하나의 격식적인 악역(惡役)에 지나지 않았지만, 작가의 관심이 이 악역에게 규정된 행동 반경을 넘어 인간의 악의 극한을 발휘케 한 것이 아닌가 싶다.

오델로는, 자기는 쉽게 질투하지 않는 성격이라고 자기 입으로 말한 바 있다. 자기 입으로 그렇게 말한 주인공이, 사랑하는 아내와 신임하는 부관보다는 별로 친밀하지도 않은 이야고의 말을 곧이듣고 질투의 화신으로 변하는 과정의 심리 묘사는 모순이라는 지적이 있다.

원래 셰익스피어의 등장 인물들은 시(詩)의 주민들이므로, 오델로의 경우와 같은 성격적·심리적 모순까지도 셰익스피어는 몇 줄의 시로 쉽게 극복하고 만다.

이러한 시를 우리말로 제대로 옮겨내기는 물론 거의 불가능한 일이다. 뿐만 아니라 이야고 같은 악마와 인간 오델로의 대결에서 인간의 패배는 숙명적이다.

더구나 오델로는 평소 이야고를 정직한 사람으로 믿고 있었다. 순진한 오델로는 이야고의 시커먼 뱃속을 알아보지 못했던 것이다. 현상과 실체 사이의 파행(跛行), 이와 같은 이중적 주제는 셰익스피어의 다른 극에서도 거듭 나타나고 있다.

　그래서 이야고는 그의 부정적이고도 냉소적인 사악성
을 마음껏 발휘하여, 오델로의 애정과 영혼을 짓밟고는
그를 어리석고 약한 인물로 타락시키고 만다. 그러나
절망 속에 죽은 맥베스와는 달리, 오델로의 비극은 죽
음을 통해 영혼의 구제를 받게 된다.

오델로

전 5 막

▨ 장소와 나오는 사람들

장 소
베니스 및 키프로스

나오는 사람들
베니스 공작
브러밴쇼 원로원 의원, 데스데모나의 아버지
그 밖의 의원들
그레샤노 브러밴쇼의 동생
로도비코 브러밴쇼의 집안
오델로 베니스 정부에 근무하는 귀족 출신의 무어인
캐시오 오델로의 부관
이야고 오델로의 기수(旗手)
로더리고 베니스의 신사
몬타노 키프로스의 옛 총독
어릿광대 오델로의 시종
데스데모나 브러밴쇼의 딸, 오델로의 아내
이밀리아 이야고의 아내
비앙카 캐시오의 정부(情婦)
그 밖에 수병, 사자, 전령, 관리, 신사, 악사, 수행원 등

제 1 막

제 1 장

베니스의 거리.
로더리고와 이야고 등장.

로더리고 쳇, 듣기 싫어, 그런 불친절이 어디 있나?
여보게 이야고, 내 지갑을 제것처럼 마구 쓴 자네
는 이 일을 다 알고 있었을 것 아냐.

이야고 정말, 막무가내로군. 내 꿈에라도 그 일을 알고
있었다면, 날 미워하게나.

로더리고 자넨 그자를 미워한다고 그랬지?

이야고 미워하다뿐인가. 장안의 세도가가 세 분이나
일부러 찾아가서 공손히 나를 그녀석의 부관으로
천거했었지. 그야 내 가치는 내가 알지만, 그만한
자격은 충분한 사람이지. 허나 그 작자, 제 고집을
주장하고 싶었는지, 온통 군사 용어에다 호언 장담
으로 교묘하게 회피하여, 결국은 싹 거절하더란 거
야. '실은 부관은 벌써 결정됐소' 하고. 헌데 대체
그 부관이 누군지 알아? 쳇, 대단한 전술가 마이클
캐시오라는, 플로렌스 출신으로 미구에 미인을 얻
어 욕깨나 볼 사람이야. 그자는 실전 지휘 경험도

없거니와 병력 배치법도 모르는 위인이고 보니 계집애와 다를 게 뭐야? 그자가 아는 건 공론(空論)뿐이지. 그 정도의 전술이야 망토를 걸친 벼슬아치들도 논할 수 있어. 입만 나불댈 뿐 경험도 없이 대단한 군인인 체하는데 그런 놈이 다 발탁되고, 이놈은, 로즈 섬·키프로스 섬·그 밖의 문명국과 미개국 도처에서 큰 공훈을 세운 이놈은, 요 장부계(帳簿係) 같은 녀석 밑에 들어가 꼼짝을 못 해야 한다니. 그 주판 같은 녀석이 제까닥 부관으로 출세하고, 이놈은…… 허, 기가 막혀! 무어 양반의 기수란 말이거든.

로더리고　아, 나 같으면 그 녀석의 교수형 집행인이 되겠어.

이야고　하지만 별수 있어야지. 고용살이 하자면 별별 욕을 다 봐야 하니까. 승진은 추천장이나 정실 관계로 좌우되고 예전같이 둘쨋번이 첫쨋번을 따르는 세상은 아니거든. 자, 좀 판단해 봐요. 이래도 내가 그 무어한테 충성을 다하겠는가.

로더리고　나 같으면 딱 질색이야.

이야고　아, 가만 있어. 내가 그자를 따르는 데는 실은 속셈이 있단 말씀이야. 우리는 저마다 다 주인 노

룻을 할 수도 없거니와, 어디 또 주인이라고 아랫
놈들이 굽실거리는 줄 아나. 세상에는 그저 굽실거
리며 일평생 충성을 다하는 녀석들도 많지만, 그
녀석들은 주인네 당나귀처럼 멍에를 메고 콩깍지나
얻어먹다가, 늙으면 내쫓기게 마련이거든. 그런 병
신들은 실컷 매나 좀 맞아야 옳지. 반면 충성을 가
장하여 실속은 실속대로 차리고 주인께 굽실굽실해
가면서 짜낼 대로 짜내 가지고 주머니가 두둑해지
면, 그때는 제 자신에게 충성을 하는 놈도 있거든.
이게 제정신을 가진 축들이지. 내가 바로 그런 종
류의 한 사람이란 말씀이야. 글쎄 이봐, 내가 만약
무어 양반 같은 팔자가 된다면야 지금의 이야고로
있을 필요는 없지 뭐야. 이건 자네가 로더리고인
것만큼이나 확실한 일이지 뭔가. 내 비록 녀석을
주인으로 받들고 있지만 실은 주인은 나지. 그야
하늘도 아다시피 충성심에서 받드는 것이 아니라
가면일 뿐, 실은 속셈이 있지. 원, 본심을 액면 그
대로 털어놓다가는, 차라리 갈가마귀보고 쪼아먹으
라고 염통을 옷소매에 달고 다니는 게 낫게? 난 겉
보기와는 다르니까.

로더리고 그 입술 두꺼운 놈, 복도 많지 뭐야. 일이 제대로 돼간다 치면!

이야고 그 여자의 아버지를 불러 내게나. 그치를 뒤쫓
아가서 깨우고, 기쁨에다 독을 치게나. 한길에서
떠들어대고 여자의 친척들을 들쑤셔 놓고, 녀석의
흐뭇한 기분에다 파리떼를 풀어서 끓려 주게나. 그
래도 당사자의 기쁨은 여전할지 모르나, 적어도 좀
귀찮게 굴어서 맥이라도 풀리게 해주게나.

로더리고 여기가 그 여자의 아버지네 집이군. 어디 불
러 볼까?

이야고 불러 봐. 한바탕 요란스럽게, 아닌 밤중에 밀집
한 시가에서 불이 난 것처럼 말야.

로더리고 이봐요, 여, 브러밴쇼! 브러밴쇼 각하!

이야고 일어나세요! 브러밴쇼! 도둑이야! 도둑, 도둑!
집안을 둘러보세요. 따님과 돈뭉치를 찾아보세요!
도둑야, 도둑!

브러밴쇼가 이층 창문에 나타난다.

브러밴쇼 왜 이렇게 사람을 깨우고 야단이야! 대체 무
슨 일이냐?

로더리고 각하, 식구들이 다 안에 계십니까?

이야고 문단속은 잘하셨습니까?

브러밴쇼 대체 그건 왜 물어?

이야고 원, 댁에 도둑이 들었어요. 어서 옷이나 입으시
지요. 각하의 염통이 터지고, 혼비백산할 판입니
다. 지금, 바로 지금, 시커먼 늙은 숫양이 댁의 흰
양을 올라타고 있는 중이에요. 일어나시오. 어서
종을 쳐서 쿨쿨 자는 시민들을 깨우시오. 안 그러
심 마귀의 외손자를 보시게 됩니다. 일어나시라니
까요, 어서!

브러밴쇼 뭐라고, 미쳤나?

로더리고 아 각하, 제 음성을 아시겠습니까?

브러밴쇼 몰라. 누구냐?

로더리고 로더리고입니다.

브러밴쇼 더 괘씸하군. 내 집 근처에 얼씬대지 말라고
하잖았어? 그리고 똑똑히 들려 줬잖아. 내 딸을 줄
수 없다고. 헌데 이게 뭐야. 미친 놈같이 만취해
가지고, 엉큼스럽게 찾아와서 단잠을 깨워 놔?

로더리고 각하, 저 글쎄…….

브러밴쇼 하지만 이것 봐, 원로원 의원인 내 비위를
거슬리면 혼이 날 줄 알아.

로더리고 좀 진정하십쇼, 각하

브러밴쇼 도둑이라고? 여긴 베니스야. 내 집은 들판의

외딴집이 아니야.

로더리고 브러밴쇼 각하, 저는 성심 성의껏 여쭈러 찾

아왔습니다.

이야고 제기, 당신은 신에게 해야 할 일도 악마의 권

고라면 거절하실 분이구려. 기껏 알려 드리러 왔는

데, 불한당 취급을 하시는군요. 바바리 말(馬)이 따

님을 올라타게 된다니까요. 히잉 우는 외손들이 생

기게 된다니까요. 글쎄, 경주용 말, 스페인 말들의

일가 친척이 된다는데도요.

브러밴쇼 '고얀 놈, 대체 네가 누구냐?

이야고 저는 말이죠, 따님과 무어놈이 지금 등이 둘이

고 몸은 하나인 짐승 짓을 하고 있다는 것을 알려

드리러 온 사람이외다.

브러밴쇼 이 악당 같으니!

이야고 각하는 원로원 의원이고요.

브러밴쇼 이건 자네 책임이야. 나는 자네를 알아, 로더

리고.

로더리고 예, 뭐든 책임지고말고요. 하지만 각하, 그게

각하의 의향이십니까? 숙고한 끝에 동의하신 일입

니까? 아마 그러신가 본데요. 글쎄, 이 한밤중에

아름다운 따님이 좌우를 둘러봐도 천한 사공 한 녀

석밖에 없는 곳에서 저 무어놈에게 함부로 안겨 있습니다만⋯⋯. 이걸 아시고 계시고, 또 동의하신 일이라면 저희들이 주제넘는 짓을 했나 봅니다. 허나 모르신다면, 그렇게 저희들을 꾸짖으실 게 아닙니다. 오해 마십시오. 버릇없이 각하를 조롱하거나 무시하는 건 아니니까요. 거듭 말씀드리지만, 따님이 승낙도 없이 나간 것이라면 큰 불효를 한 셈이지요. 자식된 도리며, 아름다움이며, 분별이며, 미래 등을 모두, 이곳저곳 방랑하는 떠돌이 외국인에게 내맡긴 셈이니까요. 당장 살펴보십시오. 만일 이게 거짓말이라면 법의 처벌을 감수하겠습니다.

브러밴쇼 불을 켜라! 초를 가져와! 모두 깨워! 꿈자리가 사납더라니. 가슴이 설레더라니. 불을 켜! 불을! (브러밴쇼 퇴장)

이야고 그럼 잘 있어요. 나는 가봐야겠어. 무어의 적수가 되었다간 내 입장이 난처하고 온당치 않으니까. 난 정부(政府)의 태도를 알고 있어. 글쎄, 이번 사건으로 다소의 견제는 가할망정 쉽사리 파면시킬 순 없단 말씀이야. 키프로스에서는 전쟁이 벌어졌겠다, 이 전쟁도 놈이 맡게 돼 있어. 글쎄, 그녀석 말고는 이 일을 감당할 만한 인물이 아무도 없으니

말야. 그러니까 지옥의 고통같이 밉다 해도, 당장
살아가려니 충성의 깃발과 간판을 내걸 수밖에. 그
야 물론 가장일 뿐이지만. 그럼 사람들을 몰아 가
지고 놈의 숙소 새지타리로 와요. 틀림없이 거기
있을 거요. 나는 거기에 가 있겠어. 그럼 난 가요.
(이야고 퇴장)

브러밴쇼와 **횃불**을 든 하인들, 아래층 입구에 등장.

브러밴쇼 이거 야단났구나. 딸은 가버렸어. 이제 희망
없는 여생엔 슬픔만 남았구나. 로더리고, 어디서
보았지, 내 딸을? 아, 불쌍한 것! 무어하고 같이
있더라고 그랬지? 이러니 어디 남의 애비 노릇을
해먹겠나! 어떻게 알았나, 내 딸인지를? 오, 애비
를 감쪽같이 속이다니! 딸이 자네보고 뭐라던가?
촛불을 더 가져와. 가족들을 모두 깨워. 결혼을 해
버린 것 같던가?

로더리고 그럼요.

브러밴쇼 아이구 맙소사! 대관절 어떻게 나갔을까? 혈
육을 다 배반하다니! 겉만 보고 딸자식을 믿지 말지
어다. 젊은 처녀의 마음을 흔들어 놓는 마약이 있는
모양이지? 읽은 일 있나, 로더리고, 그런 얘기?

로더리고 예, 있습니다.

브러밴쇼 내 아우를 깨워라. 아, 자네를 사위로 삼을
　　　것을! 자! 한 패는 이쪽으로, 한 패는 저쪽으로 가
　　　라. 자네는 아나, 어디 가면 내 딸과 무어놈을 잡
　　　을 수 있을지?

로더리고 찾아드리겠습니다, 호위병을 몇 사람 데리고
　　　저를 따라오시면.

브러밴쇼 그럼, 안내하게. 집집마다 불러 깨워야지. 대개
　　　는 내 명에 응하렷다. 다들 무기를! 야경꾼을 깨워.
　　　자, 로더리고, 수고는 잊지 않을 테다. (모두 퇴장)

제 2 장

다른 거리.
오델로, 이야고, 횃불을 든 수행원들 등장.

이야고　전쟁에선 살인도 했습니다만, 모살만은 양심이
　　　허락지 않습니다. 전 악당이 못 돼서 가끔 손해를
　　　보곤 하죠. 그저 몇 번을 생각했는지 모르겠습니
　　　다. 놈의 늑골 밑을 쿡 찔러 줄까 하고.

오델로　잘했네.

이야고　하지만 놈이 마구 욕설을 늘어놓고 장군을 중
　　　상하잖겠어요. 성인이 아니어서 저는 겨우 참았습
　　　니다. 참 결혼은 하셨습니까? 아시다시피, 그 대감
　　　은 대단히 인망 있고, 베니스 공과 마찬가지로 사
　　　실상 이중(二重)의 잠재 세력을 가진 분입니다. 그
　　　러니까 그분이 이 결혼을 취소하거나, 또는 국법의
　　　한계 내에서 무슨 부당한 억압책을 강구할지도 모
　　　릅니다.

오델로　맘대로 해보라지. 내 공로를 봐서라도 그분의
　　　고소쯤은 문제도 안 돼. 그리고 이건 여지껏 아무
　　　에게도 말하지 않았지만―명예를 위해서 때로는

자랑도 필요하다면 이젠 입을 열겠는데—나는 왕
족의 혈통을 받은 사람이야. 내 공로를 봐서도 이
번에 얻은 행운은 정정당당하게 요구할 권리가 있
지. 여보게 이야고, 데스데모나를 사랑하지 않는다
면 뭣 때문에 이 자유스런 처지를 가정의 우리 속
에다 얽매어 놓겠는가. 대해의 보물을 얻는다 해도
말야. 그런데 저 횃불들은?

이야고 잠을 깬 아버지와 그 일당들입니다. 숨으시는
게 상책입니다.

오델로 아냐, 당당히 만나지. 나의 기질이나 신분이나
양심 등, 어느 모로 보나 당당히 행동해야지. 그
패들인가?

이야고 아닌가 본데요.

캐시오와 횃불을 든 몇몇 관리들 등장.

오델로 베니스 공의 부하들과 내 부관이군. 한밤에 수
고들 하네! 무슨 일인가?

캐시오 공작님께서 보낸 사자(使者)입니다. 장군님을
급히 모시고 오라는 분부십니다.

오델로 무슨 사건이라도 일어났나?

캐시오 키프로스에서 무슨 정보가 온 모양입니다. 무

슨 긴급한 일인가 본데, 밤새 함대로부터 잇달아 보고가 들어오고 있습니다. 의원들은 거의 다 일어나 이미 공작 저택에 모여 있습니다. 장군님을 급히 모시고 오라는 분부였지만 숙소에 가봐도 안 계시고 해서, 원로원은 세 패로 사람을 나눠서 찾고 있는 중입니다.

오델로   만나서 잘됐네. 일러 둘 말이 있어서 잠깐 안에 들어갔다 나오겠어. 그러고 나서 곧 같이 가세.(안으로 들어간다)

캐시오   여보게 기수, 장군은 여기서 뭘 하고 계신가?

이야고   뭐, 장군님은 오늘밤 육지를 달리는 상선을 한 척 약탈하셨지. 이게 합법적인 전리품으로 결정된다면 복도 많지 뭐야.

캐시오   무슨 말인지 모르겠는걸.

이야고   결혼하셨다네.

캐시오   누구와?

　　　　오델로 다시 등장.

이야고   저…… 아, 장군님, 가보실까요?

오델로   음, 가세.

캐시오   또 다른 패가 찾으러 옵니다.

이야고 브러밴쇼예요. 장군님, 조심하십쇼. 악의를 품
　　고 온 것이니까요.

　　　　브러밴쇼, 로더리고, 횃불과 무기를 든 관리들 등장.

오델로 여! 거기섯!

로더리고 각하! 무어놈입니다.

브러밴쇼 때려눕혀라, 저 도둑놈을! (쌍방이 칼을 빼든다)

이야고 잘 만났다. 로더리고! 내가 상대하마.

오델로 번쩍이는 칼을 집어넣어, 이슬에 녹이 슬라. 의
　　원 각하, 그만한 연공(年功)이면 위령이 통하실 텐
　　데요, 무기에 호소하지 않으셔도.

브러밴쇼 이 더러운 도둑놈 같으니! 내 딸을 어디다
　　감춰 놨느냐? 이 망할 자식! 내 딸을 요술로 홀려
　　내다니. 글쎄, 사리를 따져서 생각해 봐라. 요술에
　　홀리지 않고서야 그렇게도 상냥하고 아름답고 행복
　　한 딸애가, 아니 이 나라의 유복한 귀공자와 결혼
　　하는 것도 마다하던 내 딸이 남의 웃음거리가 되려
　　고 애비 슬하를 빠져나가, 너 같은 사내의 그 시커
　　먼 가슴에, 보기만 해도 소름끼치는 그 가슴에 안
　　길 수가 있겠는가. 천하 만물에 물어 봐라. 뻔한
　　일이 아니냐? 요술을 부리지 않았느냐? 연약한 처

녀를 마약으로 홀리고, 분별을 잃게 하잖았느냐?
법정에서 진상을 규명할 테다. 틀림없을 거다. 그
렇지 뭐냐? 그러니 너를 체포, 구금하겠다. 세상을
해치고 금지된 요술을 행사한 죄로 저놈을 결박하
라. 반항하거든 사정없이 매질해라!

오델로 손대지 마라. 두 사람 다 기다려. 내가 나설 경
우는 내가 알아서 하겠어. 지시는 안 받는다. 자초
지종을 해명하리다. 어디로 갈까요?

브러밴쇼 감옥에 가 있어, 규정대로 법정에 호출될 때
까지.

오델로 괜찮을까요, 그대로 복종해도? 베니스 공께서
쉽게 양해하실까요? 이렇게 사람을 보내서, 긴급한
국사로 저를 즉각 호출하고 계시는데?

관리1 그건 사실입니다, 각하. 공작님께서는 회의를
소집하셨습니다. 각하께도 사람이 갔을 것입니다.

브러밴쇼 뭐, 공작께서 회의를 소집하셨다고? 이 밤중
에! 저놈을 묶어. 난 나대로 중대한 일이니까. 공작
자신이나 동료 의원들도 이 화를 남의 일같이 생각
하시지는 않을걸. 이런 불법이 활개치도록 놔둘 바
에야 이 나라 정치는 노예와 이교도보고 맡으라지.

　　모두 퇴장.

제 3 장

회의실.
공작과 의원들이 탁자를 에워싸고 앉아 있고, 관리 몇 명이 곁
에 대령하고 있다.

공 작 이 정보들은 갈피를 잡을 수 없어서 믿을 수가
　　　없구려.

의원1 서로 일관성이 없습니다. 제게 온 서면에는 적
　　　함대의 병력이 백칠 척이라고 돼 있는데요.

공 작 이 서면에는 백사십 척이라고 돼 있소.

의원2 제게는 이백 척이라고 돼 있습니다. 정확히 일
　　　치하지는 않습니다만 이런 경우엔 추측해서 보고하
　　　게 마련이니까 착오도 있을 법합니다. 하여간 터키
　　　함대가 키프로스로 진격하고 있는 것만은 틀림없습
　　　니다.

공 작 음, 있을 수 있는 일이오. 숫자에 착오가 있다고
　　　해서 안심할 수는 없소. 문제는 사실이 우려될 뿐
　　　이오.

수병 (밖에서) 여보십쇼! 여보십쇼!

관리1 함대에서 전령이 왔습니다.

　　　　수병 등장.

공 작　그래, 임무는?

수 병　터키 함대가 로즈 섬을 향하여 항해중입니다.
　　　이 사실을 정부에 보고하라는 엔젤로 제독의 명령
　　　입니다.

공 작　이 정세의 급변에 대해 다들 어떻게 생각하오?

의원1　도저히 그럴 리 없습니다. 우리를 기만하기 위
　　　한 일종의 위장이 아닐까요? 키프로스 섬은 터키
　　　에게는 요지(要地)일 뿐 아니라, 다들 아는 바와 같
　　　이 로즈 섬 이상으로 이해 관계가 있으며, 요새 설
　　　비며 장비면에서도 로즈 섬보다 보잘것없는 실정이
　　　니까, 훨씬 더 쉽게 공략할 수 있는 상태에 있소.
　　　이런 이치로 미루어 본다면, 터키 군이 경솔하게
　　　전후사를 뒤바꾸어 쉽고 유익한 공략을 포기하고
　　　무익한 모험을 하리라고는 도저히 생각할 수 없습
　　　니다.

공 작　음, 확실히 로즈 섬이 목표는 아닌 것같소.

관리1　또 보고가 들어왔습니다.

　　　　사자 등장.

사 자　아뢰오. 로즈 섬으로 직행중이던 터키 함대는

　　그 섬 부근에서 후속 함대와 합류했습니다.

공 작　음, 그럴 줄 알았지. 후속 함대는 몇 척이나 되
　　더냐?

사 자　삼십 척 가량입니다. 지금 다시 행동을 개시하
　　여, 명백히 키프로스를 향하여 출동하기 시작했습
　　니다. 이상은 충성스럽고 용맹한 그곳 총독 몬타노
　　각하의 보고이며, 선처를 요청하고 계십니다.

공 작　음, 확실히 키프로스가 목표란 말이지. 마커스
　　럭시코스는 당지에 부재중인가?

의원1　현재 플로렌스에 체류중입니다.

공 작　그분께 내 명의로 서면을 만들어서 급히 사자를
　　보내시오.

의원1　마침 브러밴쇼가 오십니다. 무어 장군도 같이.

　　　　브러밴쇼, 오델로, 로더리고, 관리들 등장.

공 작　오델로 장군, 장군이 국적(國賊) 터키 격퇴의
　　임무를 당장 맡아 주셔야 되겠소. (브러밴쇼에게) 오
　　신 것을 몰라뵈었구려. 참 잘 오셨소. 오늘밤은 귀
　　하의 고견을 듣고 조력을 받고 싶었던 참이었소.

브러밴쇼　저 역시 공작 각하의 고견과 조력을 받고자
　　합니다. 실례지만 각하, 이렇게 침상에서 일어나

달려온 것은 직책 때문도 아니요, 이 사건을 들었
기 때문도 아닙니다. 또한 위기를 우려해서도 아닙
니다. 실은 제 개인의 비애가 다른 슬픔들을 압도
해 버릴 만큼 어찌나 걷잡을 수 없는지, 그저 그
일밖에는 어떻게 할 도리가 없습니다.

공 작 아니 무슨 일인데?

브러밴쇼 딸년이! 아, 딸년이!

모 두 죽기라도?

브러밴쇼 예, 제게는 죽은 거나 마찬가지지요. 딸년은
농락당했어요. 돌팔이 의사한테서 구한 마술과 마
약으로. 바보도 아니고 장님도 아니고 정신도 건전
한 그애가 마술에 걸리지 않았다면 그렇게 터무니
없는 실수를 할 리가 없습니다.

공 작 그놈이 어떤 놈이건, 그런 괘씸한 수단으로 따
님의 마음을 속여서 꼬여내 간 놈은, 귀하 자신이
엄한 법규에 비추어 직접 극형에 처하시오. 설사
그 범인이 내 자식이라도 용서할 수 없는 일.

브러밴쇼 감사합니다. 바로 이 무어인이 범인입니다.
국사에 관한 각하의 특명으로 출두한 모양입니다.

모 두 유감인데.

공 작 (오델로에게) 당사자로서 해명할 말은 없소?

브러밴쇼 있을 턱이 없지. 사실이 그러한데.

오델로 존경하는 원로원 의원 여러분! 내가 이 노인의
따님을 꼬여낸 것은 사실입니다. 결혼한 것도 사실
입니다. 나의 죄목은 바로 그것뿐입니다. 원래 말
솜씨가 거칠어 얌전한 구변은 못 되는 이 사람입니
다. 이 두 팔은 힘이 생기기 시작한 일곱 살 때부
터 오늘날까지 아홉 달을 제외하곤, 줄곧 싸움터에
서 전력을 다해 온 탓으로, 싸움 이외에는 일반 세
상 관습에 대해서는 잘 모릅니다. 따라서 나 자신
을 변명할 재주도 거의 없습니다. 그러나 제공께서
참고 들어 주신다면 사랑의 전말을 사실대로 솔직
히 말씀드리겠습니다. 대체 무슨 마약, 무슨 요술,
무슨 주문, 무슨 마술을 써가지고—내가 그 수단
을 썼다고 고발당했습니다만—내가 저분의 따님의
마음을 샀는가를.

브러밴쇼 규중 처녀, 그렇게도 조용하고, 단정하고, 행
여 마음의 동요가 있을까 얼굴을 붉히던 딸이, 아
니 그런 내 딸이 천성, 연령, 나라, 체모 등 만사를
제치고 보기만 해도 질겁을 할 인간을 사랑할 리가
없습니다. 병신이나 바보라면 어떻게 판단할지 모
르지만, 티끌만한 흠도 없는 내 딸이 인정의 법칙

을 어겨 과오를 범할 리 없소. 교활한 악마의 장난
이 아니고서야 이런 해괴한 일이 어떻게 일어나겠
습니까? 그러니 거듭 단언하지만, 피를 교란하는
무슨 강력한 약이나 또는 마법에 의하여 그만한 약
효를 발휘하는 약으로 딸을 농락한 것이 분명하오.

공 작 단언만으로는 증거가 되지 않소. 좀더 확실한
증거 없이는, 그런 빈약한 피상적 추측을 가지고
사람을 죄인 취급할 수는 없소.

의원1 오델로 장군이 말씀해 보시오. 과연 장군은 비열
한 수단으로 처녀의 마음을 유혹했소? 혹은 정당히
구애하여 마음과 마음이 이해하게 된 것이오?

오델로 그럴 것 없이, 새지터리로 사람을 보내서 당사
자를 불러다가, 그 아버지 면전에서 물어 보시오.
만약 그녀의 말에 내게 부당한 점이 있거든, 내가
받고 있는 신임과 지위를 박탈할 것은 물론, 사형
을 선고하셔도 좋습니다.

공 작 데스데모나를 불러 오너라.

오델로 기수, 안내하게. 장소는 자네가 잘 알지. (이야
고와 시종 퇴장) 그녀가 올 때까지, 신 앞에 나의 피
의 죄상을 참회하는 심정으로 여러분에게 사실대로
말씀드리리다. 어떻게 내가 그녀의 사랑을 얻고,

어떻게 그녀가 나의 사랑을 얻게 되었는가를.

공 작 그럼 말해 보시오, 오델로 장군.

오델로 그녀의 아버지는 저를 사랑하여, 종종 집으로 불러서 경력을 묻고는 했습니다. 전투, 공성, 포위, 승패 등등, 해마다 겪어 온 운명을. 그래서 저는 어린 시절부터 명하시는 때까지의 경험을 모두 애기했지요. 즉, 기가 막힌 모험담, 해륙에서의 가공할 사건, 위기 일발, 성벽을 뚫고 구사일생으로 살아난 애기, 잔인한 적에게 포로가 되어 노예로 팔렸다가 몸값을 치르고 석방된 애기, 방랑 시절의 체험담, 예를 들면 거대한 동굴이며 불모의 사막, 험한 돌산, 암석, 하늘을 치받을 것만 같은 산악 등등이 자연 화제에 오르게 됐지만……. 그런 애기를 해드렸지요. 그리고 동족을 잡아먹는 식인종, 앤드로포파이자족의 애기, 어깨 밑에 목이 달린 미개인 애기도 해드렸지요. 그런 애기들을 데스데모나도 열심히 듣곤 했지요. 때때로 안으로 들어가야만 했지만, 얼른 일을 마쳐 놓고 다시 돌아와선 열심히 애기를 듣곤 했습니다. 그러는 것을 보고 한 번은 기회를 틈타서, 그 편에서 나의 방랑과 모험에 찬 전생애를 진정으로 듣고 싶어한다는 말을 해

오게 만들었지요. 그녀는 지금까지 띄엄띄엄 들었을 뿐 일관해서는 듣지 않았으니까요. 나는 그것을 승낙하고, 어렸을 때 고생하던 얘기를 꺼내서 종종 그녀를 울리곤 했습니다. 얘기가 끝나자, 그녀는 나의 수난을 동정하며 깊은 한숨을 몰아쉬고, 원, 그런 일이, 어머나, 신기해라, 딱해라, 저런, 가엾어라, 이렇게 대꾸했습니다. 그리고 차라리 듣지 말걸 하면서도 자기도 그런 남자로 태어났으면 좋았을 것을 하며, 내게 감사를 하고, 이렇게 부탁을 했습니다. 만약 내 친구 중에 그녀를 사랑하는 남자가 있거든, 나와 같은 경험담을 얘기해 주도록 말입니다. 그러면 그 남자는 그녀의 사랑을 얻을 거라고요. 이 말에 힘을 얻어 나는 사랑을 고백했지요. 그녀는 지난날의 고생을 동정하여 나를 사랑했고, 그리고, 그 동정심 때문에 나는 그녀를 사랑했습니다. 이것이 바로 내가 사용한 요술입니다. 당사자가 왔습니다. 직접 물어 보십시오.

데스데모나, 이야고, 시종들 등장.

공 작 그 얘기에는 내 딸도 동요하렷다. 브러밴쇼, 이렇게 된 이상, 사후이긴 하나 선처하시오. 맨주먹보다는 부러진 칼이라도 있는 게 낫다고 하지 않소.

브러밴쇼 좌우간 내 딸의 말을 들어 봅시다. 저애한테도 죄가 있다면, 저 사람을 비난한 내 머리에 천벌이 내려도 좋습니다. 자, 애야, 이렇게 여러 어른들 앞에서 묻겠는데, 너는 누구의 말에 가장 복종해야 될 것으로 아느냐?

데스데모나 아버지, 저에게는 두 가지 의무가 있습니다. 아버지는 저를 낳아 주시고 길러 주셨습니다. 이 은혜로 인하여 저는 아버지를 존경해야 한다는 것을 알았습니다. 아버지는 제 의무의 주인, 그러니까 저는 아버지의 딸입니다. 하지만 여기 남편이 있습니다. 어머니는 아버지를 외할아버지보다 더 소중히 생각하셨습니다. 그와 마찬가지로 이 딸자식도 이제 무어님을 주인으로 섬기려 하옵니다.

브러밴쇼 그럼 잘 살렴! 다 끝났다. 공작 각하, 국사를 진행시켜 주십시오. 자식을 낳는 것보다 차라리 얻어다 기르는 것이 낫겠군요. 이리 오게, 무어 장군. 이렇게 된 바에야 이의없이 내 딸을 주겠네. 아직 자네 것이 되지 않았다면 단연 거절하겠네만. 네 행실을 생각하니 네가 무남 독녀인 것이 천만다행이지. 네 탈선을 거울삼아, 난폭하게 자식들에

게 족쇄를 채우려들지 모르니 말이다. 제 일은 끝
났습니다, 공작 각하.

공 작 그렇다면, 내가 귀하의 입장에서 교훈을 하나
말하겠소. 뜻밖에 이것을 발판삼아 두 사람이 서로
화해할 날도 있으리라. 최악의 경우를 생각하면 슬
픔도 끝나는 법, 섣불리 희망을 걸면 슬픔만 커질
뿐이오. 지나간 불행을 슬퍼하는 것은 새 불행을
초래하는 것, 화를 만나 항거할 길이 없을 때는,
참으면 그 악행도 조소거리로 변하오. 도둑을 맞아
도 미소를 짓는 자는 오히려 도둑한테서 뭔가를 빼
앗는 셈이오. 무익한 슬픔에 잠기는 자는 자기 자
신을 도둑질하는 셈이오.

브러밴쇼 그럼 키프로스를 터키 놈들에게 점령당해도
웃고만 있으면 안 뺏긴 게 되겠군요. 지금 말씀은
달리 위로받을 길 없는 사람에게는 편리하겠습니다
만, 비애를 참을 수 없는 자에게는 교훈도 고통이
될 뿐입니다. 교훈이란 이렇게도 저렇게도 해석되
는 모호한 것입니다. 말은 그냥 말일 뿐이니까요.
심장의 상처가 귀에 넣는 약으로 완쾌됐다는 얘기
는 자고로 들어 본 적이 없습니다. 그럼, 어서 국
사를 진행시키십시오.

공 작 터키 군이 대거 키프로스로 향하고 있소. 오델로
  장군, 그곳 요충(要衝)은 장군이 잘 알고 있을 거요.
  물론 매우 유능한 총독 대리가 주둔하고 있지만,
  일의 성패를 좌우하는 여론은 장군이 와줘야 안심
  이 된다는 거요. 그러니 수고스럽지만 신혼의 행복
  을 벗어던지고 이 외적 소탕에 나서 주어야겠소.

오델로 의원 여러분, 습관의 위력으로 저는 고생스럽
  고 위험한 전쟁터를 오히려 포근한 깃털 잠자리같
  이 여기게 되었습니다. 유사시에는 당장이라도 뛰
  어가고 싶사오니, 터키 침략군 소탕의 임무를 완수
  하겠습니다. 한 가지 특청할 말씀은 처를 부탁하온
  즉, 거처·수당은 물론 그 밖의 편의 등, 가문에
  부끄럽지 않도록 배려해 주시기 바랍니다.

공 작 그 일 같으면 장인께 맡기시지.

브러밴쇼 그건 안 될 말씀.

오델로 저도 반대올시다.

데스데모나 저 역시 싫습니다. 같이 살며, 불쾌하게 해
  드리고 싶지 않습니다. 공작님, 소녀의 말에 귀를
  기울여 주십시오. 소녀의 소원을 허락해 주시기 바
  랍니다.

공 작 무슨 소원이지, 데스데모나?

데스데모나 제가 무어님을 사랑하고 같이 살고 싶어한
다는 사실은 만사를 뿌리치고 오직 운명에 내맡긴
이번 행동으로 미루어 세상이 다 알 것입니다. 원
래 그이의 천직 그 자체도 마음이 끌렸습니다. 그
리고 오델로님의 얼굴을 마음속에서 발견하고 그이
의 명예와 용맹에 저의 심신을 바쳤습니다. 그러니
저는 뒤에 처져서 안일한 날을 보내고 남편만 출정
한다면 백년 가약을 한 보람도 없이 독수 공방, 얼
마나 외롭겠습니까. 부디 같이 가게 해주십시오.

오델로 아내의 소원을 들어주십시오. 그러나 하늘에 맹
세하지만 절대로 일신의 욕정을 채우고자 애원하는
것이 아닙니다. 혹은 정열과 혈기에 못 이겨 일신의
만족을 취하기 위한 것도 아닙니다. 오직 너그럽게
아내의 소원을 이루어 주자는 것뿐입니다. 부디 지
나친 염려는 하지 말아 주십시오. 아내와 같이 있다
고 해서 제가 중대한 국사를 등한시하지는 않겠습
니다. 만약 날개 가벼운 큐피드의 장난으로 긴장한
눈이 가려져 경박하게 임무를 그르친다면 하녀에게
제 투구를 남비 대용으로 쓰게 하고, 온갖 비천한
재앙을 제 이름 위에 내리셔도 좋습니다.

공 작 두고 가든 데리고 가든 장군 생각대로 하시오.

사태는 긴박하니, 급히 출발하도록.

의 원1 오늘밤 출발하시오.

오델로 예, 그렇게 하겠습니다.

공 작 내일 아침 아홉시, 이곳에서 다시 모입시다. 오
델로 장군, 누구든 장교 한 사람을 남겨 두고 가
오. 그 편에 사령장을 전달하겠소. 그 밖의 지휘
통수(統帥)에 필요한 사항도 같이.

오델로 그러면 기수를 남겨 두겠습니다. 정직하고 성
실한 사람입니다. 그 밖에 무엇이든 보낼 필요가
있는 물건들은 그 편으로 보내 주십시오.

공 작 그렇게 하겠소. 그럼 편히들 쉬시오. (브러밴쇼에
게) 의원, 훌륭한 인품을 아름답다고 불러도 좋다면
사위는 외모는 검어도, 참으로 아름다운 인물이오.

의 원1 그럼 무어 장군, 잘 다녀 오시오. 데스데모나
를 잘 보살피고.

브러밴쇼 무어여, 눈을 가졌거든 아내를 경계해! 아비
를 속인 여자야. 남편인들 못 속이겠나.

오델로 아내의 절개에 이 생명을 걸죠! (공작, 의원들,
관리들 퇴장) 성실한 이야고, 내 아내를 부탁하네.
자네 부인에게 시중을 들게 하고, 때를 봐서 같이
오게. 데스데모나, 같이 얘기할 시간은 한 시간밖

에 없구려. 게다가 뒤처리며 타협할 일도 있소. 시
간만은 엄수해야죠. (오델로와 데스데모나 퇴장)

로더리고 이야고!

이야고 아, 웬일이야?

로더리고 내가 어떻게 해야 좋겠나, 대관절?

이야고 원, 가서 주무시지.

로더리고 당장 물에 투신 자살할까 봐.

이야고 그래 봐야 나는 시원 섭섭할 거야. 참 어리석
은 양반이로군.

로더리고 사는 게 고통일 바에야, 산다는 게 어리석지.
처방치곤 죽는 게 상책이야, 죽는 게 약이 된다면.

이야고 못난 소리! 나는 이 세상을 이십팔 년 동안 보
아 왔소. 그러나 그 동안 이해 관계를 분별하면서
부터 제 자신을 아낄 줄 아는 놈은 보지 못했어.
나 같으면 그까짓 암탉 한 마리 때문에 투신 자살
할 바에야, 차라리 사람 노릇을 그만두고 원숭이나
되어 버리겠소.

로더리고 그럼 어떻게 해야 좋겠나? 정말 나는 창피
해, 이렇게 녹초가 되고 보니. 하지만 내 힘으론
어떻게 할 도리가 없어.

이야고 힘이라고! 쳇! 이렇게 되고 저렇게 되는 게 다

자기 책임 아냐. 우리 육체가 정원이라면, 의지는 정원사랄까. 그러니 쐐기풀을 심든, 상추를 심든, 히소프를 기르고 살갈퀴를 제거하든, 한 가지 풀만 심든, 각종 풀을 다 심든, 게으르게 내버려 두든, 또는 거름을 주어 부지런히 가꾸든……. 아무튼 이렇게 하든 저렇게 개선하든 만사가 다 우리 의지에 달려 있지. 인간은 저울과 마찬가지로 한쪽에 이성의 저울판이 있어서 욕정의 저울판과 균형을 취해 주지 않는다면, 그 즉시 비열한 본능에 사로잡혀 비참한 최후를 당하고 말지. 그러나 다행히도 이 이성이라는 것이 있어 가지고, 욕정의 폭풍이며 육욕의 유혹이며 방종한 색욕 따위를 식힐 수가 있거든. 그러니 아마 자네의 그 애정이라는 것도, 결국 그런 욕망의 새 순[芽]이나 마찬가지일 거야.

로더리고 천만에.

이야고 그렇다면 그건 단순한 욕정의 소용돌이, 의지의 총퇴각일 거야. 여보게, 정신 바짝 차리게. 투신 자살을 하겠다고? 그런 짓은 고양이나 눈먼 강아지에게나 대신 시키지. 한 번 우정을 약속한 이상 자네와는 앞으로 영원히 끊을 수 없는 친구가 됐단 말씀이야. 마침내 내가 도와줄 시기가 왔겠다. 지갑에 돈을 마련해요. 싸움터로 같이 가요. 가짜 수염으로 변장을 해가지고. 알겠나, 두둑히 돈을 마련하라니까. 데스데모나가 언제까지나 무어 놈을 좋아할 수야 없지. 돈을 장만해요. 무어 쪽이란 원래 변덕이 심하거든. 돈을 장만해요. 지금은 로커스트 열매같이 달겠지만, 이내 콜로신드 오이같이 쓰다 해서 뱉어 버릴 놈이야. 여자 또한 젊은 사람한테 쏠릴 게 아냐. 그 녀석의 육체를 포식하고 나면, 그때는 선택의 잘못을 깨달을 거야. 그러니까 돈을 준비해요, 돈을. 어차피 지옥에 떨어질 생각이라면, 투신 자살보다는 좀더 근사한 방법을 취해야 할 게 아냐. 돈을 긁어 모아요, 돈을! 떠돌이 야만인과 간사한 베니스 계집 사이의 그럴 듯한 관계쯤, 내 지혜와 악마가 총출동하면 배겨나지 못할 테니……. 그때는 자네가 그 여자를 즐길 수 있을 게 아니냔 말야. 그러니까 돈이야, 돈. 투신 자살을 하다니! 안 될 소리지. 계집 하나 정복하지 못하고 투신 자살을 할 바엔, 차라리 실컷 즐겨나 본 후에 교수형당할 각오를 하시라구.

로더리고　그럼 꼭 소원을 풀어 줄 수 있겠나, 자네 말대로 한다면?

이야고 문제 없어. 자, 돈이나 마련해. 내가 늘 말하잖
았나, 골백 번이나 말하잖았나, 나는 무어가 밉다
고. 원한은 뿌리 깊어. 자네도 마찬가질 테고. 자,
그러니 우리 손을 잡고 원수를 갚잔 말이야. 자네
가 간통에 성공한다면, 재미 많이 볼 거구, 나는
속이 시원할 거구. 시간의 뱃속에는 여러 가지 일
들이 잉태해 있어, 달이 차면 태어나게 마련이거
든. 자, 어서 가서 돈을 장만해요. 그럼 내일 아침
에 다시 얘기하자구. 내 친구, 잘 가요.

로더리고 내일 아침 어디서 만날까?

이야고 내 숙소에서.

로더리고 그럼 아침 일찍 찾아가겠네.

이야고 그럼 잘 가. 참, 이거 봐!

로더리고 왜 그래?

이야고 제발 물에 빠져 죽진 마. 알았어?

로더리고 생각을 바꿨네.

이야고 그럼 가봐. 돈을 두둑히 장만하라구.

로더리고 땅뙈기를 몽땅 팔 테야! (퇴장)

이야고 이렇게 해서 늘 바보가 내 돈지갑이 되거든. 어
차피 저런 바보들 상대로 시간을 낭비할 바엔, 재
미나 보고 실속을 차리지 못해서는 연마한 내 지식

의 위신 문제지. 가증할 무어놈 같으니! 놈이 내 이불 속에서 나 대신 무슨 짓을 했다는 소문도 나 돌고 있잖는가, 사실 여부는 알 수 없지만. 허나 나는 그런 소문을 들은 이상, 단순한 의심뿐이지 만, 마치 확증이 있었던 것처럼 복수를 해주지 않 고서는 시원치 않거든. 놈은 나를 철썩같이 믿고 있겠다. 그만큼 내 목적 달성엔 안성맞춤이겠지. 캐시오는 미남. 음, 녀석의 지위를 뺏는다. 그래서 흉계에 일거 양득의 효과를 올린다. 음, 음, 다음 은, 그러고는 조금 후에 오델로 귀에 그녀석이 사 모님과 너무 친하다고 일러 바친다. 인품이 온순한 놈이니까 금방 혐의를 받게 마련이지. 여자를 농락 하게 생겨먹은 놈같이. 한편 무어놈은 관대하고 솔 직해서, 겉으로 성실하게 보이면 속도 그런 줄 알 거든. 그러니 코를 잡고 나귀 모양으로 맘대로 끌 고 다닐 수 있지. 됐어, 다 됐어. 이제 지옥과 암흑 의 힘을 빌려서, 이 괴물을 세상볕 좀 쬐게 해야지.

제 2 막

제 1 장

키프로스의 항구. 부두 근처의 공터.
몬타노와 신사 두 사람 등장.

몬타노 곶[岬]에서 보니 어때요? 바다에 무엇이 보이오?

신사1 아무것도. 풍랑이 심할 뿐, 하늘과 바다 사이에
　　는 돛대 하나 보이지 않습니다.

몬타노 하긴, 육지에는 대단한 바람이 일고 있소. 이
　　성벽만 하더라도 그만한 질풍은 받아 본 적이 없었
　　소. 그렇게 바다 위를 휩쓸었다면, 참나무로 만든
　　배도 산사태 같은 폭풍에 짓눌려서 박살이 났겠지
　　요. 대체 어떻게 된 일일까요?

신사2 터키 함대는 산산이 흩어져 버린 모양입니다.
　　이 파도 치는 기슭에서 보십시오. 사나운 파도는
　　하늘을 찌르고, 바람에 뒤끓는 해면은 무서운 갈기
　　를 풀어헤치면서 불타는 작은 곰자리에다 물을 끼
　　얹어, 부동한 북극성을 지키는 별들의 빛을 꺼버릴
　　기세입니다. 이렇게까지 성난 바다는 여지껏 본 일
　　이 없습니다.

몬타노 터키 함대도 항구로 들어가서 피난이라도 하지

않는 한은 침몰했을 거요. 이래서야 무사할 리 없지.

신사3 등장.

신사3 보고요! 여러분! 전쟁은 끝났습니다. 이 폭풍우
가 터키 놈들을 쳐부수고 적의 계획을 좌절시켰습
니다. 베니스에서 온 우리 쪽 배는 적 함대가 대부
분 비참하게 조난당해 있는 것을 목격하고 왔다고
합니다.
몬타노 뭐! 그게 정말이오?
신사3 우리 군함이 입항했습니다. 베로나에서 제조한
배입니다. 용감한 무어 사람 오델로 장군의 부관,
마이클 캐시오가 상륙했습니다. 무어 장군 자신은
아직 해상에 계신데, 키프로스 수비의 전권을 위임
받았다고 합니다.
몬타노 참 잘됐소. 그분은 훌륭한 장군이오.
신사3 그런데 그 캐시오는 터키 함대의 전멸을 기뻐하
면서도, 한편으론 몹시 걱정되는 모양으로, 무어
장군이 무사하시길 빌고 있습니다. 이 맹렬한 폭풍
우 때문에 서로 헤어지게 됐다고 합니다.
몬타노 아무 일이 없었으면 좋겠는데. 나는 그분 밑에서
근무한 적이 있소. 참으로 대장다운 분이지요. 자,

해안으로 가봅시다! 입항하는 배를 지켜 보는 동시
에 바다의 푸른 빛과 하늘의 푸른 빛을 구별할 수 없
을 때까지 응시하며 오델로 장군을 기다립시다.

신사3 예, 그렇게 합시다. 이러고 있는 사이에도 언제
배가 들어올지 모릅니다.

캐시오 등장.

캐시오 군사적 요지인 이 섬을 지키는 용감한 당신이
무어 장군을 칭찬해 주시니 감사합니다! 신이여!
장군을 이 풍파로부터 보호해 주십시오! 나는 위험
한 해상에서 장군을 잃고 말았습니다.

몬타노 장군의 배는 튼튼합니다.

캐시오 그 배는 구조도 튼튼하고, 선장도 경험이 많은
유능한 사람입니다. 그러니까 저도 걱정은 되지만
틀림없이 안전하시리라고는 생각하고 있습니다.

안에서 '배다, 배다!' 하는 소리. 신사4 등장.

캐시오 이 법석은 뭐요?

신사4 시중은 다 비었습니다. 바닷가로 모두 열을 지
어 가며 '배가 보인다!'고 외치고 있습니다.

캐시오 그것은 장군임에 틀림없소. (대포소리가 들린다)

신사2   예포(禮砲)를 쏘고 있습니다. 아무튼 우리 편이
      틀림없습니다.

캐시오   가서 누가 도착했는지 확인해 주시오.

신사2   그렇게 하겠습니다.

몬타노   그런데 참 부관, 장군께는 부인이 계십니까?

캐시오   확실히 운이 좋으신 분입니다. 무엇으로도 형
      용할 수 없고 얘기 책에서도 볼 수 없는 부인을 맞
      으셨습니다. 아무리 좋은 문구를 짜내도 따를 수
      없고, 천성의 아름다움은 어떤 명필로도 표현해 내
      지 못할 부인입니다.

      신사2 다시 등장.

캐시오   어찌 됐소! 누가 입항했소?

신사2   장군의 기수인 이야고라고 하는 분입니다.

캐시오   다행히도 빨리 도착했군. 모진 바람도, 거친 파
      도도, 죄없는 배를 노리는 비겁한 암초도 그리고
      여울도, 아름다운 것을 알아봤는지 참혹한 본성을
      숨기고 천사와 같은 데스데모나를 무사히 통과시켜
      주었군.

몬타노   그건 누구를 말하는 것입니까?

캐시오   지금 말한 부인, 우리 장군님의 또 장군님이라

고 할 부인 말입니다. 용감한 이야고가 호위하고 있었습니다만, 우리 예상보다 일주일이나 빨리 도착하신 셈입니다. 이제는 조브 신이여, 오델로 장군을 보호해 주십시오. 그리하여 장군께서 데스데모나의 품에서 격정을 달래고 우리의 침체한 사기를 새로 불타게 하여, 키프로스 섬 전체가 환희로 들끓게 해주십시오.

데스데모나, 이밀리아, 이야고, 로더리고, 시종 등장.

캐시오 아, 보시오. 배의 보물이 상륙합니다! 키프로스의 여러분, 장군 부인께 인사드리시오. 부인, 축하합니다! 하느님의 은총이 전후 사방으로 부인을 에워싸기를!

데스데모나 고마워요, 캐시오 부관. 장군이 어떻게 되셨는지 아십니까?

캐시오 아직 도착 안 하셨습니다. 보고도 없습니다만 곧 무사히 도착하실 겁니다.

데스데모나 그렇지만, 글쎄요……. 어떻게 해서 따로 되셨나요?

캐시오 바다와 하늘이 사납게 휘몰아치는 바람에 서로 떨어지게 됐습니다. 헌데 저 소리는? 배입니다!

(안에서 '배다, 배다.' 예포소리)

신사2　성에 대고 예포를 쏩니다. 이번에도 우리 쪽 배
　　　입니다.

캐시오　가서 알아보고 오시오. (신사 퇴장) 기수, 잘 왔
　　　소. (이밀리아에게) 부인도 잘 오시고. 다소 친절이
　　　도를 넘더라도 노하지 마오. 이야고 군, 이렇게 대
　　　담하게 인사를 하는 것이 나의 격식이니까요. (이밀
　　　리아에게 키스한다)

이야고　나는 아내의 잔소리엔 골치가 아픈데, 당신도 그
　　　입술을 그만큼 받아 본다면 아마 진력이 날 거요.

데스데모나　어머나, 별로 말이 없는 부인을 가지고.

이야고　천만에요. 말이 너무 많아 탈이지요. 이제부터
　　　잔다 할 때가 큰일이라구요. 그야 부인 앞에서는
　　　혓바닥을 가슴에 말아넣고, 말하고 싶은 문구도 뱃
　　　속으로 중얼거릴지도 모르지만요.

이밀리아　별소릴 다 들어 보겠네요.

이야고　허, 허. 대체로 여자들이란, 바깥에서는 그림자
　　　같이 얌전하지만 일단 집에 돌아오면 시끄럽기가
　　　벨 같고, 부엌에선 꼭 살쾡이지. 나쁜 짓은 성인같
　　　이 시치미를 떼며 해내는 주제에 한 번 성이 나면
　　　마귀 같지. 정작 바쁠 때는 빈둥거리면서 이불 속

에선 바쁘게 돌아가지.

데스데모나 어머 저런, 말이 너무 거칠군요!

이야고 아니 정말입니다. 이게 거짓말이라면 나는 터
키 사람입니다. (자기 아내에게) 당신은 잠자리에서
일어나면 놀고, 드러누우면 일하는 여자지 뭐야.

이밀리아 그렇게 칭찬 안 해줘도 좋아요.

이야고 그러니까 칭찬받게 하지 말란 말이야.

데스데모나 그럼 나를 칭찬한다면, 뭐라고 하시겠어요?

이야고 아, 부인, 그렇게 공격하지 마십쇼. 나는 입을
열면 언제나 욕이 먼저 나오는 사람이니까요.

데스데모나 그러지 말고 어서……. 누가 부두에 갔어
요?

이야고 예, 갔습니다.

데스데모나 (방백) 조금도 재미는 없지만, 그런 내색을
하지 않고 들어 봐야지. (큰 소리로) 그래, 날 칭찬
해 봐요. 뭐라고 하실래요?

이야고 지금 입에서 나오는 중입니다만, 그 명구(名句)
가 머리에 붙어서 마치 끈끈이가 헝겊에 붙은 것같
이 머리에서 잘 떨어지지 않는군요……. 무리하게
잡아떼면, 뇌 속의 골이 튀어나올 지경이어서요.
자, 이제 시의 여신이 산기(産氣)가 돌기 시작하는

군요. 자, 낳았습니다. 자, 낳았어요. 이렇게요.

　　얼굴이 희고 지혜 있다면

　　얼굴 희니 좋고

　　지혜 있으니 더욱 좋지요.

데스데모나　정말 멋있군요! 그럼 얼굴이 검고 지혜가
　　있다면?

이야고　얼굴이 검어도 지혜만 있다면 검은 얼굴에 어
　　울리는 얼굴 흰 남편을 얻지요.

데스데모나　점점 나빠지는데요.

이밀리아　얼굴이 희어도 바보라면 어떻게 되고?

이야고　얼굴이 흰 여자치고 바보는 없지

　　바보짓 하더라도 자식을 얻게 되니.

데스데모나　그런 건 모두 술집에서 바보들을 웃기는
　　낡은 바보 소리예요. 그럼 얼굴이 검고 지혜 없는
　　여자에겐 뭐라고 비참하게 찬사를 해요?

이야고　얼굴이 검고 바보라도.

　　재원(才媛) 미인 못지않게 음탕한 장난에는 선수
　　지요.

데스데모나　점점 더 모를 소리만 하시네요! 제일 못된
　　것을 제일 칭찬하고. 그럼 정말 훌륭한 여자는 어
　　떻게 칭찬해야 하나요? 정말 똑똑해서, 욕을 해주

고 싶어도 칭찬 안 하고는 못 배길 여자 말이에요.

이야고 얼굴이 예뻐도 거만하지 않고

　　　말을 잘해도 떠들지 않고

　　　돈이 많아도 사치 않고

　　　맘대로 되는 일도 욕심을 버리고

　　　성이 나도, 복수를 곧 할 수 있어도 꾹 참고

　　　게다가 머리도 여간 좋지 않고

　　　대구 머리와 연어 꼬리를 바꾸지 않고

　　　생각은 깊으나 표면에 내색하지 않고

　　　남자들이 줄줄 따라와도 눈도 안 떠보고

　　　그런 여자 있다면

　　　그런 여자는······.

데스데모나 어떻게 하죠?

이야고 자식새끼 젖빨리고 가계부나 적게 하지요.

데스데모나 어머나, 시시한 결혼이네요! 이밀리아, 아무리 남편이지만 곧이듣지 말아요. 안 그래요, 캐시오님, 저분은 함부로 그런 무례한 말만 하는 사람인가요?

캐시오 본래 입이 거친 사람입니다, 부인. 군인이니까, 점잖기만 한 학자라고 생각하시면 안 됩니다.

이야고 (방백) 저놈이 여자의 손을 만지는구나. 그리고

음, 귓속말을 하는구나. 이렇게 작은 거미줄을 쳐 놓고, 캐시오라는 큰 파리를 잡는단 말이거든. 흥, 그렇게 눈웃음으로 알랑대는군. 잘한다. 저렇게 은 근히 하고 있을 때, 꼼짝 못하게 만들어야지. 그 래, 응, 그래. 손가락 셋을 합쳐서 키스하고, 신사 인 척하지만 이제 내 꾀로 부관 자리에서도 미끄러 질 판이니, 그 짓은 안 하는 게 나을걸. 잘한다. 멋 진 키스구나! 훌륭한 인사로군! 또 손가락을 입에 갖다 대는군! 차라리 관장기(灌腸器)를 입에 물고 있는 게 신상에는 나을걸! (안에서 나팔소리) 무어 장군이다! 그분의 나팔이다!

캐시오 확실히 그렇습니다.

데스데모나 마중 나갑시다.

캐시오 여기 벌써 오셨습니다.

오델로와 시종들 등장.

오델로 아, 어여쁜 여장군!

데스데모나 그리운 오델로!

오델로 여기에 당신이 와 있는 걸 보고 놀라기도 했지 만 대단히 반갑소. 참 기쁘오! 폭풍우가 지나간 뒤 언제나 이런 고요함이 있다면, 바람은 죽은 자를 일으켜 깨우게 할 만큼 불어도 괜찮아! 배가 아무리 희롱당하여 올림포스 산만큼 높이 들어올려져서 천국에서 지옥으로 곤두박질하더라도 상관없어! 죽는다면 지금 죽는 것이 제일 행복할지 몰라. 뭐라고 말할 수 없이 마음이 흡족해서 이런 만족은 앞으로 두 번 다시 오지 않을 것만 같소.

데스데모나 어쩌면, 그런 말씀을. 하느님, 우리들의 애정도 기쁨도 날이 갈수록 점점 깊어지게 해주십시오!

오델로 신들이여, 나도 그렇게 기도드립니다! 이 충족된 기분을 어떻게 표현해야 좋을지 몰라. 기쁨으로 꽉 막혀서 말이 안 나와. 과분한 기쁨이지. 이거야, 이렇게 하는 거야, 둘 사이가 가장 벌어질 때에도. (키스한다)

이야고 (방백) 음, 지금은 장단이 잘 맞는군! 하지만 두고 봐라. 이제 곧 그 줄 조리개를 비틀어 놓을 테니. 나의 명예를 걸어서라도 그렇게 해놓고 말고.

오델로 자, 성으로 갑시다. 여러분, 들어 보시오. 전쟁은 끝났소. 터키 군은 침몰했소. 이 섬의 내 친구들은 어떻게 지내고 있소? 데스데모나, 당신도 이 키프로스에서 대환영을 받을 거요. 나도 대단한 환대를 받은 바 있고. 아, 요령없는 이야기만 했군.

너무 기뻐서 혼자 떠들었어. 수고스럽지만 이야고, 부두에 가서 배에서 내 짐을 가져오게. 그리고 선장을 성으로 안내해 오게. 그 사람은 좋은 사람이야. 그리고 똑똑한 사람이니 잘 대해 주게. 자, 데스데모나, 이렇게 키프로스에서 다시 만나니 기쁘기 한이 없소. (오델로, 데스데모나, 시종들 퇴장)

이야고 부두에 가 있게나, 나도 곧 가겠으니. (로더리고에게) 어이, 이리 와. 자네도—비천한 놈이라도 여자한테 반하면 평소보다 훌륭하게 된다고 하던데—좀 용기가 생겼나? 그렇다면 내 얘기를 들어 봐. 부관은 오늘밤 야경을 하게 됐어. 그래서 우선 얘긴데……. 데스데모나는 분명히 그녀석을 사랑하고 있네.

로더리고 그녀석을! 그럴 리가 없어.

이야고 이렇게 손가락을 입에다 대고 조용히 내 말을 듣기나 해. 이것 봐, 그 여자가 애당초 무어한테 반한 것은 단지 꿈 같은 거짓말을 늘어놓았으니까 그런 거고, 그까짓 거짓말에 언제까지 반하겠어? 자네 분별만 가지고도 이만한 건 알겠지. 그 여자도 눈요기가 하고 싶을 텐데, 그 악마 같은 얼굴을 보고 있어 봐야 무슨 눈요기가 되겠나? 재미를 본

뒤 열이 식으면, 그걸 한 번 더 부채질해서 싱싱한
식욕을 돋우기 위해서는 얼굴도 잘생기고 나이도
맞고, 풍채며 외모도 근사해야 되겠는데, 무어의
모든 점은 낙제야. 그러니 그런 조건이 부족하면
자기의 섬세한 감정도 속았구나 싶어지고, 여태껏
먹은 것도 토하고 싶고 무어가 싫어지고 미워지거
든. 이것이 인간의 본성이야, 그 본성의 명령에 따
라 어떻게 해서든지 다음 상대가 필요해지는 거야.
그래선데 말이야, 반드시 그렇다고 하면……. 이
거, 뭐, 명백한 자연의 이치지만, 그렇다면 그 캐
시오 녀석 이외에 누가 그 행운의 계단에 다리를
디디고 있단 말이야? 혀도 머리도 잘 도는 놈이니
말야. 양심은 있지도 않아. 더러운 욕정만 슬그머
니 만족시키고 나면 나중엔 얌전한 척, 남과 같이
시치미를 떼고 더 이상은 아랑곳하지 않을 놈이야.
응, 안 그래? 간사하고 교활한 놈이지. 기회만 노
리고, 조건이 나쁠 때도 맘대로 기회를 만들어 내
는 수완을 가진 놈이야. 꼭 악마 같은 놈이야. 게
다가 얼굴은 잘생겼겠다, 나이는 젊겠다, 어리석은
풋내기 계집애들이 반할 만한 조건은 모두 갖추고
있어. 완전 무결하고도 지독한 악당이야. 그래서

그 여자가 눈독을 들인 거라구.

로더리고 그 여자가 그렇다고는 믿어지지 않는걸. 그 여자는 꼭 천사 같아.

이야고 쳇, 천사라고! 그 여자가 마시는 술도 다 같은 포도로 만든 게 아니야? 천사라면 무어 같은 것한테 반하지도 않아. 큰일날 천사군! 그 여자가 캐시오의 손바닥을 만지작거리고 있는 걸 자네는 못 봤나! 눈치도 못 챘어?

로더리고 그야 봤지. 하지만 그건 인사니까 뭐.

이야고 생각이 달라서 그래. 틀림없어. 욕정의 서곡, 음란의 서막이야. 입술을 그렇게 마주 대고 입김과 입김이 서로 맞닿지 않았어. 그게 음탕한 생각이 있어서지. 로더리고, 그렇게 어물쩡대고 있다가 다음은 진짜 활극을 벌여 꼭 붙어 버리고 말거든. 쳇! 아무튼 내 말을 들어 줘. 내가 자네를 베니스에서 데리고 오지 않았나. 오늘밤 야경으로 나가게. 지휘는 내가 해줄게. 캐시오는 자네를 몰라볼 거야. 내가 가까이 있어 줄 테니, 무슨 떼를 써서라도 캐시오의 비위를 거슬러 놓아. 큰 소리로 떠들든지, 그놈의 욕을 하든지, 그때 상황 여하에 따라 마음대로 해서.

로더리고 알았어.

이야고 그녀석은 발끈하는 성질이라 자네를 때리려고
할 거야. 그렇게 나오도록 만들게. 내가 그걸 트집
잡아서 키프로스에 큰 소동으로 만들게. 캐시오를
파면시키지 않는 한 도저히 진압 못 할 큰 소동으
로. 게다가 더 좋은 방법으로 자네 소원도 성취시
키고 장애물도 적당히 없애 버려야지. 그렇게 하지
않고는 도저히 좋은 일이 안 생겨요.

로더리고 그렇게 해보겠어, 자네가 기회만 만들어 준
다면.

이야고 염려 말게, 곧 또 성에서 만나세. 난 장군의 짐
을 가지러 가야겠어. 그럼 잘 가요.

로더리고 그럼 잘 있게. (퇴장)

이야고 캐시오가 그 여자한테 반한 것은 틀림없어. 그
여자가 그녀석에게 반한다는 것도 있을 수 있는 거
구. 무어란 녀석이, 난 못마땅하지만 그래도 건실
하고 인정 많고 훌륭한 놈이지. 데스데모나에게는
아주 소중한 남편이라고 할 수 있지. 그렇지만 나
도 그 여자에게 맘이 있어. 그렇다고 오직 욕정 때
문만은 아니야. 하기야 그 점도 전혀 없다고는 할
수 없지만 그보다 중요한 것은 원수를 갚기 위해서

지……. 그 음탕한 무어 녀석이 내 잠자리에 들어
간 혐의가 있으니까. 그걸 생각하면 독이라도 마신
것같이 뱃속이 온통 쥐어뜯기는 것만 같아. 어떻게
든지 그자와 동등하게, 계집은 계집으로 복수해 주
지 않고서는 시원치 않겠어. 설령 그러지 못하더라
도, 적어도 무어가 사려 분별로도 억제 못 할 맹렬
한 질투쯤은 일으키게 해줘야겠어. 이것을 잘 해내
려면, 우선 저 베니스의 개, 로더리고 놈이 몸이
달아 뛰어가는 것을 내가 잡아 매놨으니까, 그놈이
내 조종대로 잘 따라 준다면 마이클 캐시오는 내
맘대로 되지. 귀가 아프게 무어에게 그녀석의 험담
을 해야지. 캐시오 녀석도 내 베개에서 잤다는 혐
의가 있으니까. 그리고 무어놈을 실컷 바보 취급하
며 휘둘러서 편안한 맘을 미칠 정도로 들쑤셔 놓아
도, 나는 너에게 감사한다, 나는 네가 좋다, 사례
를 증정한다 하고 말하게 해줘야지. (이마를 가리키
며) 만사는 여기 있지만 아직 복잡해서 흉계의 정
체는 유사시가 아니면 분명치가 않거든. (퇴장)

제 2 장

거리.
포고계가 포고문을 들고 등장. 뒤따라 주민들 등장.

포고계　우리의 고귀하고 용감하신 오델로 장군의 분부를 전달한다. 지금 터키 함대가 전멸되었다는 소식이 들어왔으니, 누구나 전승을 축하하라! 더욱이 이 기쁜 보도에 겹쳐 오늘은 장군 결혼을 축하하는 날이니, 춤을 추든 모닥불을 피우든, 각자의 맘대로 축연을 벌여라. 이상, 장군의 말씀을 포고합니다. 성내의 주방(廚房)을 모두 개방해 놨으니, 다섯시 현재부터 열한시 종이 칠 때까지 음식을 자유롭게 드시오. 키프로스와 오델로 장군 만세! (모두 퇴장)

제 3 장

키프로스 성 안의 홀.
오델로, 데스데모나, 캐시오, 시종들 등장.

오델로   마이클, 오늘밤 야경의 지휘를 부탁하네. 각자
주의해서 체모를 잃지 않게 하고, 떠들더라도 도를
넘어서는 안 되네.

캐시오   만사를 이야고가 잘 알아서 할 겁니다. 물론
저 자신도 잘 감독하겠습니다.

오델로   이야고는 정말 성실한 사람이지. 마이클, 잘 자
게. 내일 아침 일찍 만나서 또 얘기하세. (데스데모
나에게) 자, 데스데모나, 피로연은 끝났으니 이제
정말 결혼이오. 당신과 나는 이제부터가 정말 즐거
운 거요. (캐시오에게) 잘 가게. (오델로, 데스데모나,
시종들 퇴장)

이야고 등장.

캐시오   이야고, 잘 왔네. 우리는 파수를 봐야겠네.

이야고   아직 시간이 안 되었는데요, 부관님. 아직 열
시 전입니다. 장군은 데스데모나 아씨가 예뻐서 더

이상 못 견디고 이렇게 일찍 들어가 버리셨군요. 그도 그럴 수밖에요. 아직 하룻밤도 달콤하게 지내지 못하셨으니까요. 저 조브 신도 반할 만한 미인이니.

캐시오 정말 훌륭한 부인이셔.

이야고 거기다 제법 능란한 모양이죠, 분명히?

캐시오 정말 신선하고 아름다운 분이야.

이야고 얼마나 좋은 눈을 갖고 있어요! 남자의 마음을 뒤흔들어 놓는 것 같잖아요.

캐시오 사람을 끄는 것 같은 눈이야. 그래도 정말 정숙하게 보이거든.

이야고 또 그 목소리를 듣는 사람은 누구든지 사랑을 속삭여 보고 싶어지지 않습니까?

캐시오 정말 완전 무결한 분이야.

이야고, 아, 두 분의 신방에 축복 있으라! 그런데 부관, 술 좀 준비해 놨습니다. 실은 밖에서 키프로스의 젊은 패 두세 명이 오델로 장군의 건강을 축배하면서 기다리고 있습니다.

캐시오 오늘밤은 안 돼, 이야고. 나는 술이 약해서 탈이야. 축하를 하더라도 어떻게 다른 방법이 없을까?

이야고 하지만 모두 우리의 좋은 친구들인걸요…….

그러지 마시고 한 잔만 하십시다. 다음 잔부터는 내가 대신 마시리라.

캐시오 실은 오늘밤 꼭 한 잔이지만, 벌써 했어. 그것도 물을 타서 마셨는데도, 이 꼴을 좀 보게. 불행히도 나는 이게 큰 약점이거든. 나 자신도 그 점을 알고 있으니까 무리하지는 않기로 했지.

이야고 아, 기운을 내세요! 오늘밤은 진탕 마셔야 해요. 젊은 패들도 모두 그걸 소망하고 있어요.

캐시오 어디들 있는가?

이야고 바로 입구에 있어요. 들어오게 합시다.

캐시오 그럼 들어와도 좋네. 별로 맘은 내키지 않지만.

　　(퇴장)

이야고 오늘 밤 벌써 한 잔 마셨다고 했겠다. 이제 한 잔만 더 먹이면 그놈은 젊은 여자들이 끌고 다니는 개모양으로 이빨을 내밀고 짖어대겠다. 한편 저 못난 로더리고는 사랑에 눈이 어두워 앞뒤를 분간 못하고, 오늘밤은 데스데모나에게 축배를 올린답시고 술병째 들고 퍼붓듯이 마셨는데, 그녀석도 같이 야경을 보기로 돼 있지. 그리고 키프로스 섬의 그 젊은이 셋, 셋 다 집안 좋고 기품 있고 명예를 존중하고 초연한 사람들이지만, 싸움 좋아하기론 이 섬의 알짜들이지. 오늘밤 충분히 술을 먹여서 얼큰하게 해놨는데, 그치들도 야경이거든. 이 주정뱅이들이 모여 있는 데서 저 캐시오를 건드려서 온 섬이 떠들썩하게 만들어야지. 아, 그 패들이 오는 모양이다. 내 계획대로 진행만 된다면 내 배[船]는 바람 좋고 물때 좋을 때 돛을 달고 떠나는 격이지.

> 캐시오가 몬타노와 섬의 신사들을 데리고 다시 등장, 그 뒤를 하인이 술을 가지고 등장.

캐시오 아니, 정말 아까 실컷 했습니다.

몬타노 조그만 잔인데 뭘 그러시오. 세 홉들이도 안 되오, 정말이오.

이야고 여, 술을 가져와! (노래)

　　　술잔을 울려라, 땡그랑 땡
　　　술잔을 울려라, 땡그랑 땡
　　　군인도 사람이다
　　　아, 그러나 인생은 짧다
　　　그러니 군인, 마셔라
　　　애들아, 술 좀 가져와!

캐시오 아, 참 좋은 노랜데.

이야고 영국에서 배운 거죠. 거기서는 모두 술이 세던

데. 덴마크 사람도 독일 사람도 그리고 네덜란드
사람도 아무리 술배가 크다고 하지만, 여, 마셔라!
영국 사람에겐 어림도 없지.

캐시오 영국 사람이 그렇게 모주던가?

이야고 암요, 덴마크 사람쯤은 문제도 안 되죠. 독일
사람을 이기는 데는 땀도 안 흘리고, 네덜란드 사
람 상대로도 토하게 만들어 놓고 또 한 잔을 따를
지경이오.

캐시오 우리 장군의 건강을 위해 축배!

몬타노 부관, 내가 상대를 해드리죠. 정당하게 말씀이오.

이야고 아, 즐거운 영국! (노래)

위대한 임금님 스티븐 왕이

입으신 바지는 단돈 일 크라운짜리

그래도 육 펜스 비싸다고

재단사를 몹시 나무랐다나

높으신 그분네도 그러시거늘

하물며 너는 지체가 낮아

나라가 망하는 건 모두 사치에서

낡은 외투로 참고 지내세

술을 가져와, 여!

캐시오 이건 더 멋있네.

이야고 또 부를까요?

캐시오 아냐. 그런 인색한 자는 임금님으로 둘 수 없
어. 아무튼 하느님이 제일 위에 계시다. 아래에 있
는 영혼들은 구원받는 놈도 있고, 구원받지 못하는
놈도 있어.

이야고 그야 물론이죠, 부관.

캐시오 그래서 이 나는 말이야―장군이나 다른 높은 양
반들께는 미안하지만―나는 구원받게끔 돼 있거든.

이야고 나도 그렇게 돼 있어요, 부관.

캐시오 응. 그래도 미안하지만 나보다는 나중이야. 부
관은 기수보다 먼저 구원을 받게 돼 있으니까. 이
제 그런 애긴 그만두고 우리들의 임무에 대해서 애
기하세. 신이여, 우리들의 죄를 용서하소서! 여러
분, 직무를 완수합시다. 여러분, 날 취했다고 생각
해서는 안 돼. 이것은 내 기수다. 이것은 나의 오
른손이고, 이것은 왼손이다. 취하지 않았어. 똑바
로 설 수도 있고 똑바로 말도 할 수 있어.

모 두 그렇고말고요.

캐시오 정말 멀쩡해. 그러니까 날 취했다고 생각해선
안 된단 말씀이야. (퇴장)

몬타노 여러분, 맘대로 가시오. 자, 야경 준비를 하오.

이야고　지금 나간 그 사람을 보셨습니까? 그 친구는 시저 옆에 서서 지휘를 해도 부끄럽지 않을 군인입니다. 그러나 그 추태는 도저히 봐줄 수 없습니다. 그런 나쁜 점과 좋은 점이 꼭 반반이어서 참 가엾습니다. 오델로 장군은 그 사람을 대단히 신용하고 계십니다만, 한 번 버릇이 나오면 이 섬에 대소동이나 일어나지 않을까 염려됩니다.

몬타노　종종 그런 일이 있었소?

이야고　언제나 그것이 서론이고, 그후엔 자버립니다. 마시고 얼큰히 취하지만 않는다면, 시계가 두 바퀴 돌아도 눈을 붙이지 않고 배겨내는 사람입니다.

몬타노　그런 사실을 장군에게 알려 두는 것이 좋겠소. 아마 모르고 계실 거요. 원래 선량한 성품이니까 캐시오의 장점만 보고 약점은 못 보고 계실 거요. 그렇게 생각하지 않소?

　　　　로더리고 등장.

이야고　(로더리고에게 방백) 어쩐 일이야, 로더리고? 자, 부관을 쫓아가오, 어서! (로더리고 퇴장)

몬타노　그렇지만 적어도 무어 장군쯤 되시는 분이 자기의 부관이라는 중요한 위치를 뿌리 깊은 악습이

있는 자에게 맡겼다는 것은 유감이군. 무어님에게
그렇게 말씀드리는 것이 타당하지 않을까?

이야고 이 훌륭한 섬 전체를 준대도 나는 말씀드릴 수
없습니다. 나는 캐시오님이 마음에 들고, 그래서
어떻게 해서든지 그 나쁜 버릇을 고쳐 드리려고 생
각하고 있으니까요. 아! 무슨 소동일까? (안에서 '사
람 살려! 사람살려!' 하고 비명소리)

캐시오가 로더리고를 뒤쫓아 다시 등장.

캐시오 이 악당! 이 불한당!

몬타노 어쩐 일이오, 부관?

캐시오 건방진 녀석이 날보고 지시를 하다니! 술병 속
에 처넣어 버릴 테다.

로더리고 나를 처넣어 버리겠다고?

캐시오 네가 지껄여, 이놈? (로더리고를 때린다)

몬타노 아서요, 부관. 손을 놓아요!

캐시오 놔요, 놔! 놓지 않으면 네 대갈통을 부숴 버릴
테야.

몬타노 아아, 자네 취했군.

캐시오 취했다고! (둘이서 싸운다)

이야고 (로더리고에게 방백) 저리 가. 가서 큰일났다고

떠들어. (로더리고 퇴장) 그만둬요, 부관! 그만둬요,
두 분 다! 여봐요, 누구 좀 도와줘, 어서! 아, 부
관, 몬타노님, 아, 모두 좀 도와줘! ……이 거 볼만
한 야경이 됐군! (안에서 종소리) 누구야, 종을 치는
놈은? ……빌어먹을 녀석! 사람들이 다 깨버리겠
다. 부관, 제발 그만둬. 이건 일생의 수치야.

오델로와 시종들 등장.

오델로 어떻게 된 일이냐, 대체?

몬타노 제길, 피가 안 멎네. 치명상을 입었는걸. 이놈,
칼을 받아라! (다시 캐시오에게 덤빈다)

오델로 그만둬라, 그만두지 않으면 목숨이 없다.

이야고 참아요 그만두라니까요! 부관, 그리고 몬타노
님, 두 분 다 지위나 임무를 잊으셨습니까? 장군님
의 말씀이 안 들리십니까? 그만, 그만. 창피하지
않습니까?

오델로 뭐냐? 이게, 허! 왜 이렇게 되었어? 모두 터키
인의 흉내를 내고 싶으냐? 그렇게 우리에게 칼을
든 죄로 터키 놈들은 천벌을 받고 말았는데! 그리
스도교의 수치야. 야만적인 소동은 그만둬. 분노를
못 이기고 함부로 손을 대는 놈은, 목숨이 아깝지

않은 놈이지. 움직이면 가만 두지 않을 테다. 저
시끄러운 종을 그만 치게 해! 섬 사람들이 놀라서
소동할라. 웬일이냐, 둘이 다? 이야고, 너는 몹시
격정스런 표정인데, 말해 봐. 누가 시작한 거냐?
나를 위한다면 말해 봐, 어서!

이야고 저는 잘 모릅니다. 이 두 사람은 바로 조금 전
만 해도 사이 좋은 동무로서 곧 신방에 들어가는
신랑 신부같이 친밀했었는데, 그게 갑작스레, 글쎄
별의 힘에 의해 미치기라도 한 것처럼, 칼을 빼들
고 서로의 가슴을 겨누고 처참한 격투를 시작했습
니다만, 왜 이런 바보 같은 싸움이 시작됐는지는
모르겠습니다. 싸움이 한창일 때 겨우 기어든 이
두 다리를 차라리 화려한 전쟁터에서 떳떳하게 잃
고 말았더라면 좋았을 것을 그랬습니다.

오델로 어쩐 일이냐, 마이클? 이렇게 앞뒤를 분간 못
하고 있으니?

캐시오 제발 용서해 주십시오. 말씀 여쭐 면목이 없습
니다.

오델로 몬타노, 당신은 평소에 예의 범절이 단정한 분
이었소. 나이는 적어도 근엄하고 온후하다는 것을
세상이 모두 인정하고, 높은 분들도 대단히 당신을

칭찬하고 있소. 대체 어떻게 된 일이오. 그런 당신
이 이런 창피를 드러내고, 좋은 평판도 아랑곳없이
밤중에 소동을 일으킨 것은? 대답을 해보시오!

몬타노 오델로 각하, 저는 중상을 입었습니다. 각하의
장교 이야고가―괴로워서 도저히 말이 안 나옵니
다만―다 알고 있습니다. 아무리 생각해 봐도 저
는 오늘밤 잘못된 소리를 하거나 잘못된 짓을 한
기억은 없습니다. 폭력이 날뛸 때, 자애가 악덕이
고 정당 방위가 죄악이라면 몰라도.

오델로 음, 암만 냉정하려고 해도 참을 수 없군. 아무
리 이성을 작용시켜 봐도 감정이 앞장을 서버리는
군. 내가 조금만 움직여 봐라, 아니 이 팔 하나만
올려 봐라, 너희들 중 어느 놈이든지 한 칼에 쓰러
지고 말 테니! 말해 봐, 이 더러운 소동은 왜 일어
났어? 누가 시작했어? 이 사건을 만든 자는 내 쌍
둥이 형제라 해도 용서 못 해! 무슨 짓이냐! 수비
도 풀리지 않고, 아직도 민심이 어수선하고 전전
긍긍하는 이때. 더군다나 야밤에 치안을 맡고 있는
야경대의 본부에서 같은 편끼리 사사로운 싸움을
하다니, 해괴 망측하구나! 이야고, 누가 처음 시작
했느냐?

몬타노 정실이나 동료의 우의로 사실을 왜곡해서 이야
기를 한다면, 자네는 군인이라고 할 수 없어.

이야고 그렇게 윽박지르지 마세요. 마이클 캐시오에게
불리한 이야기를 할 바에야, 차라리 내 혓바닥을
빼버리는 게 좋겠어요. 그러나 제 생각으로는 사실
대로 말해도 캐시오께 불리하지는 않을 것 같습니
다. 장군님, 바로 이렇습니다. 몬타노님과 제가 이
야기를 하고 있는데, 누가 사람 살리라고 소리지르
며 뛰어 들어왔습니다. 그 사람을 캐시오는 칼을
들고 뒤쫓아가서, 찔러 죽인다고 했습니다. 그래서
이분이 캐시오를 붙들어 말리고 저는 소리치는 녀
석을 쫓아갔습죠. 그녀석의 소리에 시민들이 놀라
서 소동을 부리면 안 되니까요. 그러나 결국은 이
렇게 되고 말았습니다만……. 그런데 그놈은 어찌
나 날뛰던지 따라잡지 못했습죠. 그래서 도로 되돌
아왔습니다. 칼싸움하는 소리와 캐시오가 떠드는
소리가 들려왔으니까요. 이런 일은 정말 오늘밤이
처음입니다. 그래서 돌아와 보니—곧 돌아왔습니
다만—두 분이 맞붙어서 때리고 야단났습니다. 그
런 짓을 다시 한 번 되풀이하는데 각하께서 떼놓으
신 겁니다. 저는 이것밖에 모릅니다. 그렇지만 인

간인 이상, 성인 군자도 자기를 잊어버리는 수가
있게 마련이지요. 캐시오도 이분께 좀 대들긴 했습
니다만, 사람이 화가 날 때는 자기에게 호의를 가
지고 있는 사람마저 때리고 싶어지니까요. 그렇지
만, 확실히 캐시오는 그 도망간 놈에게서 무슨 큰
모욕을 받아 참을 수가 없었던 것 같습니다.

오델로 이야고, 잘 알았다. 너는 성실하고 동정심이 많
으니까 캐시오의 죄를 가볍게 하려고 사건을 둘러
대는 거야. 캐시오, 나는 너를 사랑하고 있다. 하
지만 이제 내 부관으로 둘 수는 없어.

데스데모나, 시종을 데리고 등장.

오델로 보아라, 내 아내까지 잠을 깨지 않았는가! 너
를 본보기로 처벌하겠다.

데스데모나 무슨 일인가요?

오델로 이제 일은 다 끝났소. 여보, 우리는 침실로 갑
시다. 당신의 상처는 내가 직접 봐드리리다. 저쪽
으로 모셔라. (몬타노, 부축받아 나간다) 이야고, 시중
을 잘 돌아봐 주게. 이 망측한 소동으로 미친 듯이
혼란에 빠진 주민들을 진정시켜 주게. 자, 갑시다,
데스데모나. 군인이란 사건이 생기면 단꿈을 꾸다

가도 깨야 하게 마련이라오. (이야고와 캐시오만 남고
모두 퇴장)

이야고　아니, 당신도 다치셨소, 부관?

캐시오　이제 아무리 약을 써도 소용없게 됐네.

이야고　그럴 수가 있습니까?

캐시오　명예, 명예, 명예 말야! 아, 나는 명예를 잃어
　　　버렸어! 내가 가지고 있는 것 중에서 가장 소중한
　　　것을 잃어버렸어. 이제는 짐승과 같아졌어. 나의
　　　명예, 이야고, 나의 명예 말이야!

이야고　어디 실제로 다치신 줄 알았어요, 정말. 명예가
　　　다친 것보다는 더 아프지요. 그러나 명예란 건 쓸
　　　데없고 허망한 겉치레일 뿐이오. 그만한 자격이 없
　　　어도 들어올 땐 들어오고, 이렇다 할 이유도 없이
　　　나갈 때에는 나가는걸요. 당신도 자기가 잃어버렸
　　　다고 하지만 않으시면, 조금도 명예를 잃어버린 게
　　　아닙니다. 자, 기운을 내시오! 장군님의 마음을 돌
　　　이키게 하는 방법은 얼마든지 있지요. 순간의 역정
　　　으로 면직시키겠다고 하셨지만, 정말 미운 게 아니
　　　라 정책상의 처벌이에요. 사나운 사자를 위협하려
　　　고 죄없는 개를 때려 준 셈이지요. 한번 간청해 보
　　　시오, 그분의 마음은 풀어지실 거요.

캐시오 간청을 하려면 차라리 경멸해 달라고나 간청하
　　　겠어. 이런 못난이, 주정뱅이, 분별없는 놈이 저런
　　　훌륭한 지휘관을 속이고 부관으로 앉아 있느니보다
　　　는. 이 주정뱅이! 앵무새같이 지껄이는 놈! 자기
　　　그림자를 보고 큰소리 탕탕 치는 이 못난 놈! 아,
　　　사람 눈에 보이지 않은 주신(酒神)아, 남들은 뭐라
　　　고 부르는지 모르지만 네놈은 정말 악마다!

이야고 당신이 칼을 빼들고 쫓아간 놈은 어떤 놈이었
　　　습니까? 당신에게 어떻게 했어요?

캐시오 몰라.

이야고 그럴 수가 있나요?

캐시오 여러 가지 생각이 나긴 나는데 하나도 확실치
　　　않아. 싸움을 하긴 했는데, 왜 했는지 통 모르겠
　　　어. 아, 사람은 자기의 적을 일부러 자기 입 속에
　　　처넣어서 스스로 정신나가게 하거든! 기뻐하고, 신
　　　이 나고, 떠들고, 노래하고, 그래서 자기 스스로
　　　자기를 짐승으로 만들거든!

이야고 하지만 지금은 멀쩡하지 않아요. 어떻게 그렇
　　　게 감쪽같이 회복됐습니까?

캐시오 주정뱅이 악마가 쑥 나가고, 이제는 홧귀신이 들
　　　어오셨다네. 한 가지 결함이 사라지면 다른 결함이

생겨나, 정말 내가 생각해 봐도 정나미가 떨어져.

이야고 원, 당신은 지나치게 고지식해요. 그야 시기로
보나 장소로 보나 시국으로 보나, 이런 일이 있으
면 정말 유감이지요. 그렇지만 지나간 일은 지나간
일이고, 해결책을 생각하셔야죠.

캐시오 다시 한 번 그 직을 달라고 사정해 봐야겠군.
그렇지만 주정뱅이라고 하실 테지! 그렇게 대답하
신다면, 괴물 히드라같이 입이 여러 개 달렸더라도
할 말이 없지. 이때까지 멀쩡하던 인간이 순식간에
바보가 돼서 짐승이 돼버리는군! 정말 이상하군!
주정뱅이에게 저주나 내려라, 술이란 건 악마다!

이야고 아니, 술도 정도껏 마시면 요긴한 것이랍니다.
너무 욕하지 마십시오. 그런데 부관, 내가 당신을
아낀다는 건 알고 계시죠?

캐시오 그야 알고 있지. 아, 취하는군!

이야고 당신뿐이 아니라, 누구든지 살아 있으면 때로
는 취하지요. 한 가지 방법을 가르쳐 드릴까요? 지
금은요, 장군 부인이 장군인 셈이오. 이렇게 말하
는 건, 장군님은 부인이 재주 있고 잘생긴 걸, 혼
나간 사람처럼 바라보며 온통 넋이 나간 형편이니
까 말이오. 당신의 심정을 솔직히 부인에게 고백하

고, 부인의 협력으로 어떻게 복직이 되도록 사정해
보시오. 부인은 저렇게 상냥하고, 친절하고, 인정
많고, 천사 같은 마음씨를 가졌으니까, 부탁받으면
그 이상의 것을 못 해줘서 미안해 할 것이오. 이번
일로 장군과 당신의 사이에 관절이 빠졌다고 하겠
는데, 이것은 부인에게 부목을 대서 붕대로 감아
달라는 게 상책이오. 내 전재산을 걸고 말하지만,
그렇게 하면 한 번 금이 가긴 했지만, 장군과의 우
의는 더 두터워질 거요.

캐시오 좋은 것을 가르쳐 줬네.

이야고 믿어 줘요, 진심으로 당신을 위해서 그런 거니.

캐시오 알았어. 날이 새면 데스데모나님을 찾아뵙고
힘이 돼달라고 부탁해 봐야겠어. 그래도 안 되면
내 운명은 끝장난 거야.

이야고 옳은 말씀이오. 안녕히 계십시오. 나는 야경을
돌러 갑니다.

캐시오 그럼 잘 가게, 이야고. (퇴장)

이야고 이래도 날보고 악한이라고 하는 자가 있을까?
지금 말해 준 충고는 어느 모로 봐도 솔직하고 성
의 있고 그럴 듯할 뿐 아니라, 사실 무어의 마음을
돌려 놓을 단 한 가지 길이기도 하지. 데스데모나

는 상냥한 여자니까, 진심으로 사정하면 거절하지 않을 거야. 그 관대함은 누구나의 볼을 스쳐 주는 봄바람 같다고 할까. 더구나 그 여자로 말하면 무어를 맘대로 움직일 수 있거든. 예를 들면 세례를 취소하고 속죄의 신앙을 전부 버리라고 하여도 싫다고 못 할 만큼 온통 반해 있으니, 이렇게 해라, 저렇게 하지 말라는 등 뭐든지 마음대로 하느님처럼 그 형편없는 작자를 조종할 수 있거든. 그러니까, 캐시오를 위해서 직효의 묘약을 권한 내가 악인일 수는 없지. 지옥의 비전(秘傳)에 씌어 있기를 극악 무도한 대죄악을 인간에게 시킬 때는 악마는 반드시 천사로 변해 나타나서 유혹한다고 했겠다. 내가 지금 하고 있는 것이 바로 그거지. 그 순진한 바보녀석 캐시오가 자기 팔자를 고쳐 달라고 데스데모나에게 사정을 하고, 그리고 그 여자도 무어에게 열심히 간청을 한다. 그 사이에 나는 무어의 귀에다 독약을 부어 넣는단 말씀이야. 부인이 그녀석을 복직시키려고 하는 것은 실은 그녀의 욕정 때문이라고. 그러면 데스데모나가 캐시오를 위해서 애를 쓰면 쓸수록 무어는 더욱 더 의심하게 되렷다. 그 결과 그 여자의 정숙을 독으로 바꾸어 놓고, 그 여자의 친절을 그물삼아 일망타진한단 말씀이야.

로더리고 등장.

이야고　웬일이야, 로더리고?

로더리고　이런 곳까지 따라오기는 했지만 내 역할은
사냥감을 쫓아가는 사냥개 역이 아니라, 다른 여러
들개에 끼어 옆에서 멍멍 짖는 꼴밖에 안 돼. 돈은
다 써버리고, 오늘밤은 늘씬하게 두들겨 맞았어.
말하자면 혼이 난 대신에 경험을 얻은 셈이지. 그
리고 돈은 다 없어졌어. 지혜가 좀 늘어난 셈이니,
다시 베니스로 가야 할까 봐.

이야고　참을성 없는 사람은 할 수 없군! 어떠한 상처
도 시간을 갖고 차차 낫는 법이야. 우리들이 하는
일은 이치에 맞게 하는 거지 마술을 부리는 게 아
니라구. 이치에 맞게 하려면 시간이 지나가는 것을
기다려야 해. 얼마나 잘돼 가고 있느냐구? 그야 캐
시오한테 얻어맞았지만, 자네는 조금 얻어맞고 대
신 캐시오를 몰아내지 않았어? 내 계획은 모두가
양지에서 볕을 받긴 하지만, 그 중에서도 맨 먼저
꽃이 핀 곳에 열매가 열린다는 말씀이야. 조금만
더 참는 거야. 벌써 아침이군. 흥겹게 움직이고 있

으면 시간도 빨리 가는군. 자, 어서 돌아가. 정해
진 부서로 돌아가라구. 어서 돌아가라니까! (로더리
고 퇴장) 두 가지 일을 해야겠군. 우리 여편네를 시
켜서 캐시오를 부인과 만나게 해주도록 해야지! 빨
리 해야지. 그리고 그 동안 나는 무어를 데리고 나
와 있다가, 캐시오가 부인에게 사정하고 있는 현장
으로 무어를 안내한단 말씀이야. 음, 바로 그 방법
이야. 멀거니 지체하고 있다가 일을 그르쳐선 안
돼. (퇴장)

제 3 막

제 1 장

성 앞.
캐시오와 병사 몇 명 등장.

캐시오   악사들, 여기서 한 곡 하시오. 돈은 충분히 내
     겠소. 아무거나 짧은 걸로. 그게 끝나면 '안녕하십
     니까, 장군 각하'라고 인사하는 거야. (음악)

광대 등장.

광 대   아니 악사들, 당신네 악기는 나폴리에서 나쁜
     병이라도 옮아 온 게 아니오?. 그렇게 코맹맹이 소
     리를 내게?
악사1   아, 왜요?
광 대   좀 물어 보겠는데, 이건 늘 이렇게 붕붕 소리가
     나는 악긴가요?
악사1   아, 예, 그렇습니다.
광 대   아하, 뭣이 달려 있는 게로군.
악 사   뭣이 달려 있다니요?
광 대   붕붕 소리 나는 것 곁에는 대게 뭣이 달려 있잖
     아요. 하지만 악사 여러분, 돈을 드리겠소. 장군께

서는 여러분의 음악이 어찌나 마음에 드셨는지, 제
발 더 이상 소리를 내지 말아 달라는 분부시오.

악사1 예, 그럼 그만두겠습니다.

광 대 소리 안 나는 음악이라면 더 해도 좋아. 장군께서
는 음악듣기를 그다지 좋아하지 않는다고 하시니까.

악사1 그런 음악이 어디 있어요?

광 대 그럼 그 퉁소를 자루 속에 집어넣어요. 나는 들
어가겠으니 가버려요. 공중으로 꺼져 버려요, 어
서! (악사들 퇴장)

캐시오 여보게, 내 말 좀 들어 봐.

광 대 당신 이름은 모르겠습니다만, 당신이 말하는 건
들립니다.

캐시오 농담은 그만두게. 자, 적지만 돈이야. 장군의
부인께 가서 시중 들고 있는 시녀가 일어나거든,
캐시오라는 사람이 찾아와서 잠깐 만나고 싶어한다
고 전해 주게. 그렇게 전해 주겠나?

광 대 그 여자라면 일어나 있어요. 이곳으로 나오면
그렇게 전하지요.

캐시오 부탁하네. (광대 퇴장)

이야고 등장.

캐시오 마침 잘 왔네, 이야고.

이야고 못 주무신 거로군요?

캐시오 그야 물론이지. 자네하고 헤어지기 전에 벌써
날이 새지 않았나. 나는 실례를 무릅쓰고 자네 부
인을 부르러 사람을 보냈네. 용건은 데스데모나 부
인을 만나게 해달라고 부탁하려고.

이야고 곧 이리로 나오도록 하죠. 그리고 어떻게 해서
든지 무어 장군을 다른 데로 모시고 나가겠습니다.
그러면 맘놓고 이야기를 하실 수 있을 테니까요.

캐시오 그거 참 고맙네. (이야고 퇴장) 내 고장 플로렌
스 사람 중에도 저렇게 친절하고 정직한 사람은 없
었어.

　　　이밀리아 등장.

이밀리아 안녕하세요, 부관님! 이번에 당한 일은 참
안됐어요. 하지만 다 잘될 거예요. 장군님과 부인
이 그 이야기를 하고 계시더군요. 부인은 당신을
무척 변호하시더군요. 그러나 무어님으로서는 부관
님이 상처를 낸 상대가 키프로스의 명사일 뿐 아니
라 고위층에 친척을 가진 분이어서, 그에 온당한
조치로서 부관님을 면직하지 않으면 안 된다고 그

러세요. 그래도 부관님을 소중히 여기고 계시니까,
부탁하시지 않아도 적당한 기회를 봐서 복직시키겠
다고 말씀하셨어요.

캐시오 그래도 부탁합니다. 당신이 좋다고 생각하거나
또는 가능하다고 생각하면, 잠깐이라도 좋으니 데
스데모나님과 단둘이서 얘기할 수 있게 수고 좀 해
주시오.

이밀리아 그럼 어서 들어오세요. 가슴을 털어놓고 애
기할 곳으로 안내해 드리겠어요.

캐시아 이거 참 고맙소. (두 사람 퇴장)

제 2 장

성 안의 어떤 방.
오델로, 이야고, 그리고 신사 둘 등장.

오델로 이야고, 이 서류를 선장에게 갖다 주고, 원로원
들에게 문안드려 달라고 전해 주게. 그것이 끝나면
나는 성벽 근처를 거닐고 있을 테니 그리로 오게.
이야고 네, 잘 알았습니다. 그렇게 하겠습니다.
오델로 여러분, 요새(要塞)를 돌아볼까요?
신사1 기쁘게 동반하겠습니다. (모두 퇴장)

제 3 장

성 안의 정원.
데스데모나, 캐시오, 이밀리아 등장.

데스데모나　안심하세요, 캐시오님. 제가 힘 닿는 데까지 해보겠으니까요.

이밀리아　그렇게 해드리세요, 아씨. 아, 글쎄, 우리 주인도 정말 자기 일같이 걱정하고 있어요.

데스데모나　참 성실한 분이네요. 캐시오님, 걱정 마세요. 주인과 당신 사이를 반드시 전과 같이 만들어 드리겠어요.

캐시오　고맙습니다. 부인, 이 마이클 캐시오는 어떤 일이 일어나더라도 언제나 부인께 충성을 다하겠습니다.

데스데모나　알겠어요, 고마워요. 당신은 우리 주인을 사랑하고, 또 오래 전부터 아는 사이니까 안심하세요. 멀리 하시는 기색을 보이더라도 그건 정책상 그러는 것일 뿐이니까요.

캐시오　네, 그래도 부인, 그 정책상이란 것이 오랫동안 계속되면, 그 사이에 하찮은 뜬소문으로 마음이 동하고 또는 쓸데없는 것에서 뿌리가 생기고 해서,

제가 옆에 없고 대신 자리가 메워지면 장군은 저의
성의나 공적을 까맣게 잊으실 거라고 생각됩니다.
그래서…….

데스데모나 그런 걱정은 말아요. 저 이밀리아가 증인이
에요. 꼭 복직하게 도와드리지요. 염려 말아요. 내
가 친구가 된 이상은 어디까지나 힘이 돼드릴 테니
까요. 주인을 못 주무시게 하고, 청을 들어줄 때까
지 밤새껏 얘기해서 지치게 하겠어요. 잠자리에서
도 훈시를 하고, 식탁에서도 설교를 그치지 않고,
뭣이든 그분이 하시는 일에는 캐시오님의 청을 꺼
내겠어요. 그러니 기운을 내세요, 캐시오님. 청을
맡은 이상에는 죽어도 소망을 이루어 드리겠어요.

이밀리아 아씨, 장군님께서 오십니다.

캐시오 부인, 저는 실례하겠습니다.

데스데모나 여기 계세요, 여쭈어 보겠으니까요.

캐시오 아니오, 부인. 지금은, 지금은 기분이 언짢아서,
저 자신도 청을 꺼낼 수 없습니다. (캐시오 퇴장)

오델로와 이야고 등장.

이야고 저런! 저런, 안됐군.

오델로 뭐가?

이야고   뭐, 아무것도 아닙니다. 실은 지금……. 아, 아
　　무것도 아닙니다.

오델로   지금 아내하고 헤어진 건 캐시오가 아니었나?

이야고   캐시오! 아뇨, 그럴 리가 있겠습니까? 그 사람
　　이라면 각하가 오시는 것을 봤기로서니, 죄진 사람
　　처럼 저렇게 살그머니 달아날 리가 없습니다.

오델로   아냐, 분명히 캐시오였어.

데스데모나   당신이군요! 지금 여기서 부탁을 가지고
　　온 분하고 얘기하고 있었어요. 당신 비위를 다치게
　　해서 비관하는 사람이에요.

오델로   누구 말이오?

데스데모나   당신의 부관, 캐시오님 말예요. 당신, 저도
　　조금 이런 데 참견할 수 있지요? 그럼 곧 그 사람
　　을 용서해 주세요. 그분이 얼마나 당신을 위한다고
　　요. 실수로 잘못을 저지를 수는 있을지라도, 계획
　　적으로 나쁜 짓을 할 사람은 아니에요. 그건 그의
　　성실한 얼굴을 봐도 누구든지 알 수 있어요. 부디
　　다시 복직시켜 주세요.

오델로   지금 여기서 나갔소?

데스데모나   네, 그래요. 하도 풀이 죽어 있어서 나까지
　　슬퍼졌어요. 여보, 다시 불러 주세요.

오델로 지금은 안 돼, 데스데모나. 두고 봅시다.

데스데모나 그럼 언제 해주시겠어요?

오델로 될 수 있는 대로 빨리 해주지, 당신의 청이니까.

데스데모나 오늘밤 저녁식사때요?

오델로 아냐, 오늘밤은 안 돼.

데스데모나 그럼 내일 점심때요?

오델로 그것도 안 돼, 내일 점심은 집에서 안 해요. 요 새에서 장교들을 만나기로 되어 있으니까.

데스데모나 아 그럼, 내일밤, 그렇지 않으면 화요일 아 침, 또는 화요일 낮이나 밤, 또는 수요일 아침이라 도 좋으니 시간을 정해 주세요. 그렇지만 이틀을 넘기시면 안 돼요. 그분은 정말 후회하고 있어요. 그리고 그분의 잘못은 보통 생각으로는……. 그야 전쟁 때에는 제일 우수한 사람 중에서 본보기를 보 여야 하는 일이 있다고는 하지만, 인연을 끊을 정 도의 죄는 아닌 것 같아요. 언제 부르시겠어요? 말 씀해 보세요. 오델로님, 당신 분부를 제가 거절하 거나 또는 푸념한 적이라도 있었어요? 아, 마이클 캐시오님은 당신이 제게 청혼하러 오셨을 때에도 같이 오지 않았어요? 그리고 제가 당신 욕을 할 때 에도 언제나 당신 편을 들지 않았어요? 그런 사람을 복직시키는 데 이렇게 힘이 들다니……. 정말 저 같으면…….

오델로 아, 알았소. 오고 싶을 때 오라고 하시오. 당신 청은 뭐든지 들어주겠소.

데스데모나 어머나, 별로 대단찮은 청을 가지구. 장갑을 끼시라든가, 영양가 있는 것을 잡수시라든가, 따뜻하게 하시라든가, 몸조심하시라든가 등등과 같은 청이잖아요? 만일 제가 청을 해서 당신의 애정을 시험해 볼 참이라면, 중대하고 어렵고 걱정스러워서 여간해서는 허락될 수 없는 것을 부탁할 거예요.

오델로 뭐든지 들어주지. 그러니까 나도 청이 있는데, 데스데모나, 제발 잠깐 동안 나를 혼자 있게 해줘요.

데스데모나 싫다고 할 것 같아요? 천만에요, 저리 가 있지요.

오델로 잘 가요, 데스데모나. 곧 갈게.

데스데모나 이밀리아, 이리 와요. 당신 마음 내키는 대로 하세요. 무슨 말씀을 하셔도 전 순종하지요. (데스데모나와 이밀리아 퇴장)

오델로 정말 귀여운 것! 내가 너를 사랑하지 않는다면 내 영혼에 파멸이 와도 좋다! 너를 사랑 안 하게 되면, 그때는 다시 천지가 원시의 어둠으로 되돌아

　　가겠지.

이야고 각하…….

오델로 왜 그래, 이야고?

이야고 마이클 캐시오는 각하의 구혼 시절에 각하와
　　부인 사이를 알고 있었습니까?

오델로 처음부터 끝까지 알고 있었지. 왜 묻나?

이야고 그저 좀 생각난 게 있어서요. 그 이상은 별로
　　뭐…….

오델로 생각난 거라니, 뭔가, 이야고?

이야고 그 사람이 부인과 가깝게 지내고 있다는 것을
　　저는 모르고 있었군요.

오델로 그야 우리 둘 사이를 자주 왔다갔다했지.

이야고 정말입니까!

오델로 정말입니까라니? 으응, 정말이야. 어디 미심쩍
　　은 데라도 있단 말이냐? 그자가 정직하지 않다는
　　거냐?

이야고 정직하다고요?

오델로 정직하다고요라니? 그야 정직하지.

이야고 그럴지도 모르죠.

오델로 자넨 어떻게 생각하나?

이야고 어떻게 생각하다뇨?

오델로   어떻게 생각하다뇨라니! 아, 자넨 내 말을 흉
내만 내는군. 무슨 생각이 머리속에 있는데 무서워
서 남에게 말을 못 하는 것같이. 무슨 곡절이 있
지? 자넨 안됐다고 했지, 캐시오가 내 처와 작별하
는 것을 보고. 뭐가 안됐다는 거지? 그리고 내가
구혼할 때에도 그를 상담역으로 했다니까, 자네는
'정말입니까?'라고 말했겠다. 그리고 무슨 무서운
생각을 머릿속에 담아 놓고 있는 것같이, 양미간에
주름살을 지었겠다. 내게 성의를 다한다면 생각하
고 있는 바를 말해 줘.

이야고   각하, 물론 저는 성의를 다 바치고 있습니다.

오델로   나도 그렇게 생각하고 있어. 자네가 성심성의
껏 봉사하고 있는 것은 나도 알고 있어. 경솔하게
말을 입 밖으로 안 내는 줄도 알아. 그러니까 그런
자네가 입 안에서 우물우물하니, 더욱 불안하단 말
이야. 그런 건 허위에 찬 부실한 놈이라면 남을 속
일 때에 쓰는 수작이지만, 정직한 사람의 경우는
진정으로 화가 나서 도저히 참을 수 없을 때에 그
러는 것이니까.

이야고   마이클 캐시오로 말하자면 분명히 정직한 사람
이라고 생각합니다.

오델로 나도 그렇게 생각하고 있어.

이야고 사람은 모두 외모와 마음속이 같아야 한다고
생각합니다. 그렇지 않은 자는 정직한 척하는 얼굴
을 하지 말았으면 좋겠어요.

오델로 그렇지, 사람은 외모와 마음속이 같아야 하지.

이야고 그렇다면 물론 캐시오도 정직한 분이겠지요.

오델로 아냐, 또 뭔가가 있어. 마음속에 되씹고 있는
것을 터놓고 이야기해 봐. 어떤 괴상한 생각일지라
도 솔직히 그대로 말해 봐.

이야고 각하, 용서하십시오. 직책상의 일이라면 명령
에 복종하겠습니다만, 마음속의 생각을 말할 의무
는 노예에게도 없습니다. 생각을 말하라고 하십니
까! 원, 그것이 얼마나 더럽고 틀린 생각일지 모르
잖습니까? 아무리 훌륭한 궁정이라도 더러운 것이
때로는 들어 있잖습니까? 아무리 숭고한 마음속에
도 불결한 잡념이 올바른 판단과 마주 앉아서 사람
들을 판단할지도 모르잖습니까?

오델로 친구가 모욕당하는 것을 알면서도 그것을 귀에
다 일러 주지 않는 것은, 친구를 배반하는 것이야,
이야고.

이야고 제발 각하……. 사실을 말씀드리면, 저는 나쁜

버릇이 있어서 남의 과실을 캐내고 질투심 때문에 엉뚱한 억측을 하곤 하는데, 저의 이번 추측도 억측이라고 생각합니다만……. 잘 판단하셔서 이런 망측한 추측에 개의치 마시고 이런 스산하고 불확실한 관찰 때문에 고민하지 마십시오. 암만 생각해 봐도 이 생각은 말씀 안 드리는 게 좋을 것 같습니다. 각하의 기분만 상하게 해드리고, 유익하지도 않을 뿐더러 저로서도 남자답지 못하고, 불성실하고 천박한 사람만 되고 말 것이니까요.

오델로 대체 무슨 뜻이냐?

이야고 남자나 여자나 좋은 평판은 곧 영혼의 보배와 같습니다. 각하, 가령 지갑을 훔쳤다면 훔친 놈도 쓸데없는 걸 훔친 셈이고…… 그건 중요하다면 중요하지만 쓸데없는 물건이지요. 내것이 지금은 다른 놈의 것이 된 것밖에는, 돈이란 본래 천하를 도는 것이지요. 그렇지만 좋은 평판은 도둑을 맞으면, 훔친 놈에게는 하나도 이득이 없는데, 이쪽만 손해를 보게 됩니다.

오델로 암만해도 자네 생각을 들어 봐야겠어.

이야고 그건 안 될 말씀입니다, 설사 제 마음이 각하의 손바닥에 있다 해도. 하물며 지금은 제가 꼭 쥐고 있으니까요.

오델로 하!

이야고 각하, 질투는 경계하셔야 합니다. 그건 파리한
눈빛을 한 괴물인데, 사람의 마음을 음식으로 삼
고, 먹기 전에 조롱을 하는 그런 놈입니다. 오쟁이
져도 그걸 운명이려니 하며 단념하고 아내에게 미
련을 갖지 않는 남자는 행복합니다. 그러나 깊이
사랑하고 있으면서도 의심을 품고, 그러면서도 더
욱 열렬히 사랑하는 남자는 정말 하루하루가 얼마
나 저주스럽겠습니까?

오델로 그야 비참하겠지!

이야고 가난해도 만족하는 사람은 부자라도 큰 부자지
요. 그렇지만 더없는 부자라도 언젠가 가난뱅이가
되는 것은 아닌가 하고 벌벌 떠는 사람은 가난하기
가 엄동설한 같다고나 할까요. 아, 모든 인간이 질
투만은 모르고 지냈으면 합니다.

오델로 아니, 왜 그런 소릴 하나? 자네는 내가 앞으로
질투에 사로잡혀 달(月)이 모양을 바꿀 때마다 새
로운 의심을 가질 줄로 생각하는가? 아냐, 나는 한
번 의심을 품으면 단번에 해결을 짓는 성격이야.
내가 자네 말대로 그런 쓸데없고 허망한 억측에 마

음을 쓴다면, 나를 염소로 취급해도 좋아. 사람들이 내 처를 아름답고, 사람 좋고, 이야기를 잘하고, 노래도 음악도 춤도 잘한다고 말한다 해서 내가 질투할 필요는 없지. 이런 점은 정숙하기만 하다면 더욱 더 빛나 보이거든. 또 나 자신이 약점 때문에 지레 겁을 내서, 아내가 바람을 피울까 봐 걱정하거나 의심하는 일은 더욱 없어. 아내는 자기 눈으로 나를 고른 것이니까. 아니, 이야고, 나는 의심하려면 잘 보고 의심하지. 그리고 의심한 이상은 증거를 잡지. 증거가 잡히면 방법은 하나야……. 즉시 애정을 포기하든가, 또는 질투심을 버리든가.

이야고 그 말씀에 안심이 됩니다. 이제는 각하에 대한 성의에 찬 저의 생각을 기탄없이 여쭐 수 있습니다. 그러니 명령에 복종하겠습니다. 들어 보십시오. 하긴 아직 확증은 없습니다만 부인을 주의하십시오. 특히 캐시오와 같이 있을 때를 조심하십시오. 글쎄, 눈을 잘 치켜뜨고, 의심하지도 않지만 과히 신용하지도 않는다는 식으로요. 각하는 관대하고 고결하신 분이고 성품이 착하신 분이셔서 모욕을 당하신다면, 저로서도 보기 딱하겠습니다. 조

심하십시오. 저는 같은 고향 사람의 기질을 잘 압
니다. 베니스의 여자들은 음탕한 장난을 하면서도
하느님은 알고 계시더라도 남편에게는 들키지 않겠
다는 식이죠. 좀 나은 것은 하지 않는 것이 아니라
들키지 않게 하는 것뿐이니까요.

오델로 정말인가?

이야고 장군님과 결혼하기 위해서 아버지를 속인 부인
이십니다. 장군님의 얼굴이 무서워 고개를 흔들 때
도, 속으로는 장군님을 깊이 사랑하고 있었을 겁니
다.

오델로 그건 그랬어.

이야고 자, 그렇다면 말씀이지요, 저렇게 젊은 나이에
그렇게 속다르고 겉다르게 꾸며서 아버지의 눈도
캄캄하게 멀게 하고는, 마술 때문이라고 생각하게
만든 부인입니다. 아니, 이거 죄송합니다! 용서하
십시오. 그저 장군님을 위하는 마음에서 이런 말까
지……

오델로 자네 호의는 일생을 두고 잊지 않겠어.

이야고 아무래도 기분이 좀 상하신 모양인데요.

오델로 아냐, 조금도.

이야고 아니, 아무래도 기분이 좋지 않으신 모양인데

요. 제발 지금 말씀드린 건 저의 성의에서 나온 말이라고 생각해 주십시오. 그러나 아무래도 장군님을 보고 무서워서 떨고 있다고 느꼈을 때, 그때가 실은 장군님을 제일 사랑하고 계셨던 때였습니다.

오델로 그야 그랬지.

이야고 그래서 말씀입니다만, 그래서 젊은 분이 그런 가면을 쓰실 수 있었잖아요. 그것도 아버지를 속이기 위해서 말입니다. 그러니 아버지는 그저 마술인 줄만 아셨거든요. 좀 말이 지나쳤습니다, 용서하십시오. 너무 각하의 기분을 상하게 한 것 같군요. 부탁입니다만 제가 말씀드린 것을 단지 의심스럽다는 정도로 흘려 버리시고, 이 이상 확실한 결론을 캐내거나 문제를 확대시키지는 마십시오.

오델로 그런 짓은 하지 않겠어.

이야고 만약 그런 것을 하신다면, 각하, 제 말로 인해 엉뚱한 결과가 생겨서 생각지도 않은 일이 벌어질지도 모릅니다. 캐시오는 제겐 소중한 친구니까요 …… 각하, 아무래도 기분이 상하신 모양입니다.

오델로 아냐, 그렇지는 않아. 데스데모나가 정직한 여자라는 것 외에는 아무것도 생각지 않고 있어.

이야고 부인께서 언제까지나 그러하시기를! 그리고 각

하의 마음도 변하지 마시기를 충심으로 빕니다!

오델로 그러나 순리를 어기고 나 같은 사람에게…….

이야고 그겁니다, 문제는 바로 그겁니다. 글쎄 털어놓
고 말씀드리자면, 부인께선 자기 나라의 얼굴빛도
문벌도 같은 많은 남자들의 청혼을 거절하잖았습니
까? 누구나 이런 것을 택하는 게 도리일 텐데…….
쳇! 사람이면 누구나 눈치챌 수 있지요. 여기에는
불순한 마음이 있지 않는 한 전혀 어울리지도 않을
뿐더러 부자연스럽습니다. 허나 용서하십시오. 저
는 꼭 부인을 두고 말하는 건 아닙니다. 그야 걱정
은 걱정이죠. 차차 분별을 갖게 되어 자기 나라 사
람과 각하를 비교해 보고 후회하는 일은 없으셔야
할 텐데.

오델로 알았다, 알았어! 뭐 더 눈치채거든 알려 주게.
자네 부인보고 감시를 하라고 그러게. 이만 물러가
주게, 이야고.

이야고 (나가면서) 그럼 물러가겠습니다.

오델로 내가 왜 결혼을 했을까? 저 정직한 놈은 분명히
지금 말한 것보다 더 많이 보고 알고 있는 거야.

이야고 (되돌아와서) 각하, 부탁입니다만 이 일은 더 캐
지 마시고 되는 대로 내버려 두십시오. 캐시오를

복직시키는 일도, 확실히 그 사람은 재질도 비상하고 임무도 충분히 완수할 수 있는 사람입니다만, 잠시 동안만 기다려 보십시오. 그렇게 하시면, 그 사람의 인간과 의도를 잘 아시게 될 겁니다. 부인께서 캐시오의 복직을 강경히 말씀하시는지 어쩐지를 주의해 보십시오. 그러면 또 여러 가지를 아시게 될 겁니다. 그때까지는 걱정은 지나친 노파심이라고 생각해 두십시오. 저 자신으로서는 그저 혹시나 그렇지 않을까 하고 의심가는 점이 있어서 그런 겁니다만. 그리고 부디 부인을 결백한 분이라고 생각하십시오.

오델로 내 분별을 염려 말게.

이야고 그럼. 다시 물러가겠습니다. (퇴장)

오델로 저자는 지극히 성실한 사람이다. 게다가 세상 물정에 밝아서 세태 인정을 다 알고 있어. 저 데스데모나가 도저히 길들일 수 없는 매라는 것을 확실히 알게 되면, 설사 마음속에 꼭 잡아매 놓고 싶어도 나는 휘파람을 불면서 놓아 줘야지. 돌아오지 않아도 되도록 바람 부는 쪽으로 날려 보내서 제멋대로 먹이를 찾게 해야지. 혹시 내가 피부색이 검고 한량들같이 고상한 접대술이 없다고 해서, 또는 내 나이가 이미 한창 때를 지났다고 해서—그래도 아직 대단한 나이는 아니지만—그녀가 날 버렸는지도 모르지. 나는 모욕을 당했어! 나를 구하는 길은 그녀를 미워하는 거다. 아, 결혼이란 게 원망스럽구나. 상냥한 여자를 입으론 제것이라고 하면서도 마음속에서는 제것이 아니거든! 사랑하는 사람을 남의 자유에 맡겨 놓고 자기는 한 모퉁이나 차지할 바에야, 차라리 두꺼비가 돼서 땅 속 구멍에서 습기나 마시고 사는 것이 낫지. 그렇지만 이것은 지체 높은 사람들이 받는 저주야. 차라리 하층 계급 사람만도 못해! 죽음과 마찬가지로 이건 피할 수 없는 운명이야. 오쟁이지고 이마에 뿔 돋친다는 이 저주는, 어머니의 태내에서 꿈틀거리기 시작한 그 순간부터 정해진 운명이거든. 아, 데스데모나가 이리로 오는군.

데스데모나와 이밀리아 등장.

오델로 아, 저 여자가 불의를 저지르다니. 만일 그렇다면 하늘은 스스로를 속인 거야! 나는 그런 건 믿을 수 없어.

데스데모나 여보, 웬일이세요? 오델로님, 식사시간이

에요! 당신이 초대한 이 섬의 훌륭한 분들도 기다
리고 계세요.

오델로 내가 나빴어.

데스데모나 왜 그렇게 목소리에 기운이 없으세요? 어
디 편찮으세요?

오델로 여기 이마가 아프군.

데스데모나 밤에 못 주무신 탓일 거예요. 곧 나을 거
예요. 꼭 동여매 드릴게요. 한 시간도 못 돼서 나
을 거예요.

오델로 당신 손수건은 너무 작군. (머리에 매어 준 손수건
을 풀어 버린다. 데스데모나는 그것을 떨어뜨린다) 같이
들어갑시다.

데스데모나 기분이 언짢으신 모양인데요. (오델로와 데
스데모나 퇴장)

이밀리아 이 손수건이 내 손에 들어온 건 다행인데.
이건 부인이 무어님한테서 받은 최초의 기념품이
지. 우리집 고집퉁이 남편은 이걸 훔쳐내 오라고
백 번이나 졸라댔었지. 하지만 부인은 서방님께서
절대로 잃어버려서는 안 된다고 말씀하셨기 때문
에, 언제나 손에서 떼놓지 않고 키스하고 이야기하
며, 그야말로 소중히 여기고 계시지. 이 무늬를 본

떠서 이야고에게 줘야지. 이걸 대체 어쩌자는 건
지, 내가 상관할 바는 아니지만, 단지 그 놈팽이를
즐겁게 해주면 되는 거야.

　　　이야고 등장.

이야고　여기서 혼자 뭘 하고 있어?

이밀리아　화내지 말아요. 당신께 드릴 물건이 있으니
　　까요.

이야고　내게 줄 물건? 신통한 것이 있을라구…….

이밀리아　뭐라구요?

이야고　신통치 않단 말이야, 바보 계집하고 산다는 것은!

이밀리아　그 말뿐인가요? 손수건을 드린다면 뭐라고
　　하시겠어요?

이야고　무슨 손수건?

이밀리아　무슨 손수건! 왜, 무어님이 처음 데스데모나
　　님께 선사한 것으로 훔쳐 오라고 당신이 귀찮게 졸
　　랐잖아요.

이야고　훔쳐 냈어?

이밀리아　아녜요, 부인이 어쩌다가 떨어뜨리셨어요.
　　그걸 운좋게 내가 옆에 있다가 주웠어요. 봐요, 이
　　거예요!

이야고 기특하군. 이리 줘.

이밀리아 대체 이걸 어쩌자는 건가요? 훔쳐내 오라고 그렇게도 야단이셨잖아요.

이야고 (잡아 뺏으며) 당신이 상관할 거 없어.

이밀리아 그다지 필요없으면 돌려줘요. 부인은 가엾게도 그 손수건이 없어진 걸 알면, 미쳐 버릴 거예요.

이야고 모르는 체하고 있어요. 내게는 쓸 데가 있으니까. 그럼 당신은 저리 가 있어. (이밀리아 퇴장) 캐시오 숙소에 이걸 떨어뜨려 놓고, 놈의 눈에 띄게 해야지. 공기같이 가벼운 일이라도 질투심에 사로잡혀 있는 놈에게는 단박에 성서의 구절만큼 효력 있는 증거가 되거든. 이걸 한 번 써먹어야지. 무어는 내 독약으로 벌써 마음이 변해 가고 있어. 위험한 억측도 원래 독약과 같아서 처음에는 거의 싫은 맛이 안 나지만 조금만 혈액 속에 작용하면 유황 광산처럼 무섭게 불타 오르거든. 그것 봐, 말한 대로야. 아, 마침 저기 오는군!

오델로 다시 등장.

이야고 아편이든 마취제든 세상에 있는 어떤 수면제를 먹어도 어제까지와 같이 편하게 자지는 못할 걸.

오델로 아! 아! 나를 배신하다니!

이야고 아아, 각하! 그 일은 그만해 두세요.

오델로 꺼져! 물러가! 너는 나를 고문대에 올려놨다. 선불리 알고 있느니 차라리 아주 모욕당하는 게 낫겠다.

이야고 왜 이러십니까, 각하!

오델로 내 아내가 음탕한 짓을 했다고는 느끼지도 않았어. 본 것도 아니고, 생각지도 않았어. 그래서 괴롭지도 않았다. 그 다음날 밤도 난 잘 잤다. 기분도 좋고 명랑했다. 그녀 입술에서 캐시오의 키스 자국은 알아내지도 못했어. 도둑맞아도 도둑맞은 줄을 모르는 놈에게는 가르쳐 주지 않는 것이 좋아. 그렇게 하면 도둑 안 맞은 거나 다름이 없으니까.

이야고 그런 말씀을 들으니 죄송스럽습니다.

오델로 만일 온 진중의 일군과 같은 공병 하나하나까지가 빠짐없이 그녀의 아름다운 몸을 향락했다 하더라도, 나만 아무것도 모르고 있다면 나는 행복할 거 아닌가. 아아, 평온한 마음과는 영원히 작별이구나! 만족할 줄 아는 마음도 안녕! 깃털 장식을 한 군대도, 공명 수훈을 다투는 전쟁도 마지막, 아, 마지막이다! 울어대는 군마, 드높은 나팔소리,

마음 설레는 북소리, 귀를 뚫는 피리소리, 장엄한 군기, 무엇이고 영광스런 전쟁의 자랑도, 찬란함도, 장관도, 다 마지막이다! 그리고 아아, 위력 있는 대포야, 무서운 절규로 뇌신(雷神) 조브의 성난 외침을 압도해 버리는 너하고도 작별이다! 오델로의 직분은 다 끝나 버리고 말았다!

이야고　그럴 리가, 각하?

오델로　이놈아, 내 아내가 음탕한 계집이라면 확실한 증명을 해봐라. 증거를 보여라. 눈으로 확인할 수 있는 증거를 보여라. (이야고의 목덜미를 잡는다) 그렇지 못하면, 나의 영구 불사한 영혼에 두고 맹세하지만, 내 격분을 받느니 차라리 개로 태어났으면 좋았다고 생각하게 만들어 주겠다.

이야고　그렇게까지 말씀을!

오델로　내게 증거를 보여라! 그렇지 않으면 적어도 증명을 해라. 한 점의 의심을 품을 틈도 구멍도 없는 확실한 증거를 보여라. 보여 주지 않으면 목숨이 없을 줄 알아라.

이야고　각하, 그건…….

오델로　만약 무근한 일로 그녀를 중상하고 나를 괴롭혔다면 새삼스럽게 기도는 그만둬. 양심 같은 건 내던져 버리고 죄업에다 죄업을 쌓아올려라. 하늘을 울리고 땅을 놀라게 할 만한 못된 짓을 해라! 이런 죄악보다 더한 죄악은 있을 수 없다.

이야고 무슨 말씀을! 너무 심하십니다. 장군님은 인간이십니까? 마음이나 정신을 가지고 계십니까? 저는 사직하겠습니다. 면직시켜 주십시오. 아, 못난 놈이다, 나는! 성심성의로 얘기한 것이, 그만 악당이 돼버렸어! 아, 해괴한 세상이로군! 아, 다들 정신 차리시오, 조심하시오! 정직하면 위험한 세상입니다. 덕택에 하나 배웠습니다. 이제부터는 남에게는 친절하지 않기로 했습니다. 친절하면 원망을 산다는 것을 알았으니까.

오델로 아냐, 거기 있어! 너는 정직한 것 같다.

이야고 약아져야겠습니다. 정직한 자는 바보가 되어땀을 흘리고 손해를 보는 셈이니까요.

오델로 사실, 나는 내 처를 결백하다고 생각하다가도 그렇지 않은 것 같고, 너를 정직한 사람이라고 생각하다가도 그렇지 않은 것같이 여겨져. 아무래도 무슨 증거가 있어야겠어. 달님의 얼굴같이 깨끗하게 생각했던 그녀의 이름이, 지금은 더러워지고 검어져서 마치 내 얼굴빛과 같아. 밧줄이나 단검이나

독약이나 불이나, 그녀를 처박을 냇물이 여기 있다
면 난 가만 있지 않겠어. 아아, 증거를 봤으면, 증
거를!

이야고 각하, 너무 흥분에 사로잡혀 계십니다. 얘기해
드린 것이 후회됩니다. 증거를 보고 싶으십니까?

오델로 보고 싶지! 아냐, 꼭 봐야겠어.

이야고 그야 안 되는 것도 아니죠. 그러나 어떻게 해야
좋을까요? 어떻게 보시겠다는 말씀입니까. 각하가
설마 구경꾼이 돼서 멍청하게 입을 딱 벌리고서…
… 보시겠습니까? 그녀석이 각하의 부인을 올라타
고 있는 것을 말씀입니다!

오델로 그만둬, 더럽다! 아아!

이야고 그 현장을 보여 드리기는 좀 어려운 일이겠지
요. 둘이 나란히 자고 있는 것을 남에게 보인다는
것은 당치도 않은 소리니까요! 그렇다면 어떻게 할
까요? 어떻게 하라는 건지요? 어떻게 해야 만족스
런 증거가 될까요? 각하께서 직접 눈으로 보실 수
는 없는 일이지요. 설사 그분들이 염소처럼 색이
세고, 원숭이처럼 음탕하고, 암내 낸 늑대처럼 음
란하고, 술에 취한 바보같이 못난이라도 말입니다.
하지만 만일 확실한 증거에 근거해서 이것만 풀어

가면 틀림없다고 할 만한 것이 있어야 만족하시겠
다면, 이야기해 드리겠습니다.

오델로 내 아내가 정숙치 못하다는 산 증거를 대라!

이야고 그런 직책은 좀 난처한데요. 그렇지만 저도 고
지식하게 충성스런 마음으로 여기까지 발을 들여
놓고 말았으니, 이야기를 안 할 수야 없겠죠. 제가
요전에 캐시오와 같이 자는데, 이가 쑤셔서 잠을
자지 못했습니다. 이 세상에는 자고 있을 때 주책
없이 자기 일을 뇌까리는 놈이 있는데, 캐시오가
그런 축으로, 그놈이 이런 잠꼬대를 했습니다. '귀
여운 데스데모나, 조심합시다. 둘의 사랑을 남이
알지 않게 감춥시다.' 그리고 글쎄 내 손을 꽉 잡고
는 '귀여운 것' 하고 소리질렀습니다. 그러고는 내
게 키스하지 않겠습니까! 마치 내 입술에 키스가
돋혀 있기라도 한 듯 그것을 뿌리째 뽑아낼 기세였
습니다. 그러고는 다리를 내 가랑이 위에 척 올려
놓고는 한숨을 내쉬고 또 입맞추고, 그리고 큰 소
리로 '당신이 무어한테 가다니, 아, 참혹한 운명이
다!' 하고 또 소리질렀습니다.

오델로 아, 망측하다! 망측하다!

이야고 아니, 꿈결에 한 짓일 뿐입니다.

오델로　하지만 전에 해본 일이 있다는 증거다. 꿈이라
도 얼마든지 의심할 여지가 있어.

이야고　그리고 다른 확실치 않은 증거를 보충하는 것
도 되고요.

오델로　그년을 갈기갈기 찢어 버려야지!

이야고　아아, 그렇지만 신중하셔야 합니다. 아직 현장
을 잡은 건 아니니까요. 아직 부인은 결백한지도
모릅니다. 단지 한 가지 물어 보겠는데, 장군님은
딸기가 수놓인 손수건을 부인이 가지고 계신 것을
보신 일이 있습니까?

오델로　내가 그런 걸 그녀에게 줬다. 나의 첫 선물이
었다.

이야고　그런 사실은 몰랐습니다만, 그런 손수건으로,
그건 부인 것임에 틀림없겠지만 그걸로 캐시오가
수염을 닦고 있는 것을 오늘 제가 목격했습니다.

오델로　그게 만일 그것이라면…….

이야고　그것이 아니라도, 아무튼 부인 거라면, 이건 다
른 증거도 있는 터이니, 더욱더 부인이 의심스럽게
되지요.

오델로　에잇, 그 못된 놈의 모가지가 사만 개쯤 된다
면 그냥 모조리! 복수를 하려 해도 하나로는 부족

해. 너무 적어! 그러고 보니 틀림없을 것 같군. 봐
라, 이야고! 이렇게 나는 나의 어리석은 애정을 모
두 하늘로 팽개쳐 버린다…… 날아가 버렸다! 시커
먼 복수야, 지옥의 구멍에서 일어나라! 아내 마음
속에 왕좌를 차지한 애정아, 왕관을 저 잔악한 증
오에게 넘겨 주어라. 내 가슴아, 독사의 혓바닥에
서 토해진 그 독으로 퉁퉁 부어 올라라!

이야고 각하, 진정하십시오.

오델로 아아, 피다, 피다!

이야고 참으십시오. 다시 마음이 변하실지도 모르니까요.

오델로 절대 변하지 않는다, 이야고! 폰틱 해(海)의 격
류가 뒤로 물러섬이 없이 곧장 프로폰틱 해에서 헬
레스폰트 해협으로 흘러드는 것같이 꼭 그렇게, 피
가 광란하는 내 일념은 마음껏 복수를 하기 전에는
단연코 뒤를 돌아보지도 않고, 하찮은 애정 때문에
썰물같이 물러서지도 않겠다. 단연코, 지금 나는
영원히 변치 않는 하늘을 보고 (무릎을 꿇고) 경건하
게 신성한 맹세를 하겠다.

이야고 아직 일어나지 마십시오. (무릎을 꿇고) 영원히
하늘에서 빛나는 일월 성신도 굽어 살피소서. 우리
를 에워싸고 있는 하늘이여, 보소서. 여기 이야고

는, 내 지혜와 내 팔과 내 마음의 힘을 다해서 배신
당한 오델로 각하를 위해 봉사하겠습니다. 장군님
의 명령이라면 어떠한 잔학한 행위라도 지상 최고
의 의무로 생각하고 추종하겠습니다. (두 사람 일어
선다)

오델로 이야고, 성의에 감사한다. 입으로만이 아니라
진정으로. 이야고, 그래서 네게 지금 여기서, 일을
명령하겠다. 삼 일 이내에 캐시오는 살아 있지 않
다는 보고를 가지고 오너라.

이야고 친구이지만 벌써 죽은 거나 마찬가집니다. 명
령이 내린 이상 해치운 거나 마찬가집니다. 하지만
부인의 목숨만은 용서하십시오.

오델로 밉살스런 탕녀! 아, 지옥으로 떨어져라, 지옥
으로! 자, 같이 가자. 나는 집에 가서 그 아름다운
여자 악마를 빨리 없애 버릴 궁리를 하겠다. 이제
부터는 네가 내 부관이다.

이야고 어디까지나 충성을 다하겠습니다. (두 사람 모두
퇴장)

제 4 장

성당.
데스데모나, 이밀리아, 어릿광대 등장.

데스데모나 이봐, 부관 캐시오가 어디에 거주하시는지
  아니?

광 대 그 양반이 어디서 거짓말을 하시는지는 말할 수
  없습니다.

데스데모나 왜?

광 대 그분은 군인인데 군인이 거짓말을 한다고 했다
  가 칼침맞게요.

데스데모나 원, 어디 묵고 계시냔 말야?

광 대 어디서 묵고 계신다고 말씀드리는 것은, 곧 어
  디서 거짓말을 하느냐와 같습니다.

데스데모나 무슨 소릴 하니?

광 대 숙소가 어딘지 저는 모르니까요. 그러니까 무리
  하게 밝혀서 여기 거주한다, 아니 저기 거주한다
  라고 말하는 건, 이 목구멍이 거짓말을 하는 것이
  되니까요.

데스데모나 누구한테 물어서, 알아볼 수는 없을까?

광 대   어디 계신지, 전세계하고 문답을 해야겠군요. 말하
    자면 찾아다녀 보고, 그러고 나서 대답하는 거지요.

데스데모나   그분을 찾아서 이리 오시라고 해요. 장군
    님을 설득해 놨으니까, 만사가 다 잘될 거라구 전
    해줘.

광 대   그런 심부름 같으면 사람의 지혜로 되지요. 그
    러니까 그 일을 하기로 하겠습니다. (퇴장)

데스데모나   내가 어디서 그 손수건을 잃었을까, 이밀
    리아?

이밀리아   모르겠는데요, 아씨?

데스데모나   차라리 돈이 잔뜩 든 돈주머니를 잃은 편
    이 나았을 것을. 무어님은 진실하셔서, 의심 많은
    사람들에게서 볼 수 있는 비열한 데가 전혀 없으시
    니 망정이지, 그렇지 않으면 정말 언짢게 생각하실
    거야.

이밀리아   그렇게 의심이 없으신 분인가요?

데스데모나   누구, 그분? 그분 고향의 밝은 태양이 그
    런 기질을 다 빨아들였는걸.

이밀리아   아, 저기 오십니다!

데스데모나   이번에는 캐시오님을 불러들이겠다는 말씀
    이 떨어지기 전엔 그의 곁을 떠나지 않을 테야.

오델로 등장.

데스데모나 당신 기분이 좀 어떠세요?

오델로 으응, 좋아. (방백) 아, 마음을 숨기기란 괴롭
군! 당신은 어떻소, 데스데모나?

데스데모나 좋아요.

오델로 손을 이리 줘봐요. 이 손은 부드럽군.

데스데모나 아직 나이도 어리고 슬픔도 모르니까요.

오델로 이건 마음이 너그럽다는 것을 말하는군. 따뜻
하고, 뜨겁고, 윤기가 돌고 있군. 당신의 이 손은
들어앉아서 단식하고 기도하고, 그리고 재계 고행
과 예배를 해야 할 손이오. 젊고 다정다감한 악마
가 숨어 있어서, 자주 모반을 한다는 손금이니까.
좋은 손이오. 관대한 손이오.

데스데모나 그렇지요, 옳아요. 제 마음을 온통 내드렸
으니까요.

오델로 마음이 넓은 손금이오. 옛날엔 마음을 허락하
고 손을 내줬다는데, 요새 격식은 손이 먼저거든,
마음이 아니라.

데스데모나 글쎄, 뭐라 해야 좋을지요. 그건 그렇고,
그 약속은?

오델로 무슨 약속?

데스데모나 제가 캐시오님을 부르러 보냈어요, 당신과
  직접 이야기해 보도록.

오델로 콧물이 나와서 곤란하군. 손수건을 좀 주구려.

데스데모나 자, 여기 있어요.

오델로 내가 준 것은?

데스데모나 지금 안 가지고 있는데요.

오델로 안 가지고 있다고?

데스데모나 네, 정말이에요.

오델로 그건 안 돼. 그 손수건은 나의 어머니가 이집
  트 여자한테서 받은 거야. 그 여자는 마술을 하는
  여자였는데, 대개는 남의 마음을 꿰뚫어볼 수가 있
  어서 어머니께 이렇게 말하더래. 이 손수건을 가지
  고 있는 동안은 사람들에게 귀염을 받고 남편의 애
  정도 마음대로 할 수 있으나, 한 번 잃어버리든지
  남에게 주든지 하면, 남편에게 미움을 받고 남편의
  마음이 새 재미를 찾게 된다고. 어머니는 돌아가실
  때 그걸 내게 주셨소. 그리고 내가 용케 결혼하게
  되면 그걸 아내에게 주라고 하셨소. 그래서 그렇게
  한 거요. 그러니 조심해요. 자기 눈처럼 소중히 해
  요. 잃어버리든지 남에게 주든지 하면, 그야말로
  재앙이 일어날 거요.

데스데모나 어머, 그럴 수가?

오델로 정말이야. 그 헝겊에는 마력이 있어. 이 세상에
　　　서 이백 살이나 나이를 먹은 무당이 예언을 할 때,
　　　황홀한 경지에 빠져서 수를 놓은 것이오. 그 명주
　　　실을 뽑어낸 것은 신성한 누에고, 그 실은 도사가
　　　처녀의 염통에서 뽑은 비약(秘藥)으로 물들인 거요.

데스데모나 어머나! 정말인가요?

오델로 아주 확실한 이야기요. 그러니까 조심해요.

데스데모나 그렇다면 보지 않았으면 좋았을걸!

오델로 뭐! 왜?

데스데모나 왜 그렇게 격하고 난폭한 말투를 쓰세요?

오델로 없어졌어? 잃어버렸어? 어디다 내버렸어?

데스데모나 이를 어쩔까!

오델로 뭐라구?

데스데모나 없어지진 않았어요. 하지만 만일 없어졌다
　　　면 어떻게 하실래요?

오델로 뭐?

데스데모나 없어지진 않았다니까요.

오델로 그럼 가지고 와서 보여 봐!

데스데모나 그야 보여 드릴 수 있지요. 그래도 지금은
　　　싫어요. 내 청을 얼버무리려고 그러시는걸요. 당

신, 캐시오를 복직시켜 드리세요.

오델로 손수건을 가져와 봐. 어쩐지 염려되는군.

데스데모나 여보, 그만한 훌륭한 분은 다시 없어요.

오델로 손수건을 내놔!

데스데모나 캐시오님의 얘기를 하세요.

오델로 손수건을!

데스데모나 줄곧 오직 당신의 호의만 믿고 갖은 위험
을 같이 겪어 온…….

오델로 손수건을!

데스데모나 정말 너무하세요.

오델로 에잇 비켜! (퇴장)

이밀리아 저래도 시기하지 않는 분이라구요?

데스데모나 이런 일은 처음이야. 암만해도 그 손수건
에는 무슨 이상한 마력이 있나 봐. 잃어버렸으니,
정말 어떻게 하나!

이밀리아 남자의 마음은 일 년만 가지고는 모릅니다.
남자가 밥통[胃]이라면 여자는 음식인 셈이지요.
걸신이 들린 것처럼 먹고서는 배가 차면 토해 버리
니까요. 어머, 캐시오님과 우리 주인이 오는군요.

캐시오와 이야고 등장.

이야고 다른 방법은 없어, 부인께 부탁하는 수밖에. 아, 마침 잘됐어! 자, 부탁해 봐요.

데스데모나 아아, 캐시오님! 어쩐 일이세요?

캐시오 부인, 그 청입니다만, 부인의 힘으로 다시 한 번 저를 살려 주십시오. 그리고 진정으로 세상에 없이 존경하는 장군의 사랑을 되찾게 해주십시오. 이제는 더 기다릴 수 없습니다. 만일 제 죄가 너무 커서, 이때까지의 공로나 현재의 비판이나 또는 장래에 바치려는 충성을 가지고도 다시 은혜를 받을 수 없다면 그렇다는 말씀이라도 들었으면 감사하겠습니다. 그러면 저는 억지로라도 단념하고, 운명에 매달려 다른 생활 방도를 찾겠습니다.

데스데모나 아, 착하고 점잖은 캐시오님! 간청해 보았지만 지금 좀 기분이 좋지 않으세요. 주인 기분이 보통때와는 다르세요. 그분은 변하셔서, 다른 사람 같아요. 왜 그러신지 모르겠어요. 당신을 위해 지나치게 말을 해서 그런지, 끝내는 그분의 비위를 상하게 하고 말았으니, 어떻게 해야 좋을지 모르겠어요! 하지만 좀 참아 보세요. 할 수 있는 데까지는 해보겠으니. 나 자신을 위해서라면 하지 못할 일까지도 해보겠으니까요. 그러니 용서하세요, 네?

이야고 장군님이 화가 나셨어요?

이밀리아 지금 저쪽으로 가셨어요. 확실히 이상하게
안절부절 못하시던데요.

이야고 그분도 화를 내시는 일이 다 있나? 나는 언젠
가 그분이, 장군의 병졸들이 중포탄을 맞아 공중으
로 날아가고, 친동생도 바로 옆에서 처참하게 날려
없어졌어도 그래도 태연하신 걸 보았는데, 그분도
화를 내실 때가 있나? 그렇다면 무슨 중대한 사건
이라도 있는 모양이군. 가서 만나 뵈야지. 만일 화
를 내셨다면 무슨 이유가 있을 거야.

데스데모나 그렇게 해주세요. (이야고 퇴장) 무슨 정치
적인 사건 때문일 거야. 베니스에서 무슨 소식이
왔거나, 또는 무슨 음모가 이 키프로스에서 탄로났
거나 해서, 그분의 맑은 기분을 망쳐 놓은 걸 거
야. 그런 경우 남자들은 진짜 상대는 큰 사건이면
서, 조그만 일에 조바심하게 마련이에요. 정말 그
래요. 손가락이 아프면, 다른 멀쩡한 곳들도 아픈
것같이 느껴지는 거죠. 그리고 남자도 신은 아니니
까, 결혼 당시처럼 상냥한 마음씨만 언제까지나 가
질 것이라고 기대해선 안 되지요. 나는 정말 부끄
러워요, 이밀리아. 군인의 아내답지 않게 그분을

불친절하다고 불평을 하다니, 지금 생각하니 내가
나빴어. 그분은 하나도 잘못이 없는 거야.

이밀리아 정말 그런 정치 문제라면 좋겠어요, 아씨와
관계된 당치 않은 상상이나 질투가 아니구요.

데스데모나 어머나, 난 아무것도 안 했는데 뭐!

이밀리아 그렇지만 의심 많은 사람은 그런 대답만으로
는 만족하지 않아요. 언제나 그만한 이유가 있어서
의심하는 게 아니거든요. 의심하기 때문에 의심하
는 것뿐이에요. 의심이란 건, 저절로 생기고 저절
로 태어나는 괴물이니까요.

데스데모나 제발 그런 괴물이 오델로님 마음속에 들어
가지 않기를…….

이밀리아 저도 그렇게 빌겠습니다, 아씨.

데스데모나 내가 찾아서 모시고 올게요. 캐시오님, 여
기서 거닐고 계세요. 기분이 좋으신 것 같으면, 당
신의 청을 꺼내서 되도록 결말지어 보지요.

캐시오 진정으로 감사합니다, 부인. (데스데모나와 이밀
리아 퇴장)

비앙카 등장.

비앙카 안녕하세요, 캐시오!

캐시오   어떻게 왔소? 잘 있었소. 미인 비앙카? 지금
막 당신을 찾아가던 참이었는데.

비앙카   나는 당신 숙소로 찾아가는 길이었어요, 캐시
오. 일주일씩이나 따돌리기예요? 이레 낮 이레 밤
이나? 일백육십팔 시간이나요. 기다리는 사람 쪽은
그것의 또 일백육십 배나 기다린 것같이 지루해요.
아, 셈하는 데만도 지쳐 버릴 지경이에요.

캐시오   미안해, 비앙카. 나도 요새 우울한 일이 있어서
그랬어. 그러나 앞으로는 찾아가서 오래 묵고, 오래
못 가본 보충을 해주겠어. 그런데 비앙카, (데스데모
나 손수건을 주며) 이 수(繡)를 좀 본떠 주지 않겠나?

비앙카   어머, 캐시오! 이거 웬 거야? 또 좋은 사람이
생긴 게로군? 나를 버려 두더니, 까닭을 알았어요.
이렇게 되었군? 좋아요, 알았어요!

캐시오   이봐, 당신은 대체 누구에게 그런 억측을 배웠
는지 모르지만 그런 건 악마 아가리에 되던져 줘버
려요. 어떤 여자에게서 기념으로 받은 줄 알고 강
짜로군. 아냐, 절대로 그렇지 않아, 비앙카.

비앙카   그럼 누구 거예요?

캐시오   누구 건지 몰라. 내 방에 떨어져 있었어. 나는
그 수의 무늬가 마음에 들었어. 그래서 찾으러 오

기 전에, 반드시 누군가가 찾으러 올 거야. 그전에
본을 떠두고 싶어. 가지고 가서 본을 좀 떠줘. 그
리고 지금은 돌아가 줘.

비앙카 돌아가라고요! 왜요?

캐시오 여기서 장군님을 기다리는 중이야. 여자하고
있어서야 신용 문제고……. 또 좀 난처하잖아.

비앙카 그건 왜요?

캐시오 당신이 싫어서는 아냐.

비앙카 아녜요, 싫어서 그러시는 거예요. 그럼, 조금만
바래다 주세요. 그리고 오늘밤은 찾아오시겠다고
약속하세요.

캐시오 바래다 주겠으나 멀린 못 가. 나는 여기서 기
다리고 있어야 해. 그렇지만 곧 찾아가겠어.

비앙카 참 고마우시군요. 그럼 할 수 없지요. (두 사람
퇴장)

제 4 막

제 1 장

키프로스 성 앞.
오델로와 이야고 등장.

이야고 그렇게 생각하십니까?

오델로 그렇게 생각하느냐고, 이야고?

이야고 말하자면 숨어서 키스하는 것 말입니다.

오델로 용서할 수 없는 키스지.

이야고 그럼 벌거벗고 남자 친구와 한 시간이나 그 이
상을 같이 자면? 그러나 더러운 마음은 하나도 없
이요.

오델로 벌거벗고 잔다고? 더러운 마음 없이! 이야고,
그런 짓은 악마라도 위선이라고 욕한다. 깨끗한 마
음으로 그런 위험한 짓을 하는 놈은, 곧 악마한테
유혹당하여 결국 스스로 천벌을 받겠지.

이야고 실제로 아무것도 안 하면 죄가 안 되지요. 그
러나 제가 아내에게 손수건을 주었다고 치고…….

오델로 그래서?

이야고 글쎄, 그렇게 하면 그건 아내 것이지요. 그래서
그게 아내 것이 된다면, 그녀가 그걸 누구에게 주

든 상관 없을 것 같은데요.

오델로 정조도 아내 것이다. 그럼 그걸 아무에게나 줘
도 괜찮다는 거냐?

이야고 여자의 정조란 눈에 보이지 않는 건데요? 그리
고 그렇지도 않은데 정숙한 여자라고 하는 세상인
데요? 그렇지만 그게 손수건이라면…….

오델로 아, 그런 건 제발 잊어버리고 싶어. 너는 나에
게, 아아, 머리에서 떠나지 않아. 꼭 까마귀가 염
병 앓는 집 위를 떠나지 않고 불길한 소리로 울어
대는 것같이. 그놈이 내 손수건을 가지고 있다고
했지?

이야고 네, 그게 어찌됐습니까?

오델로 그건 안 될 말이야!

이야고 아무것도 아니잖습니까? 그놈이 장군님을 모욕
하는 것을 제가 목격했다고 말하더라도, 떠들고 다
니는 것을 제가 들었다고 하더라도 말입니다. 그런
놈이 세상에는 있습니다만, 자기 쪽에서 설복해서
손에 넣든지, 여자 쪽에서 반해서 굴러들어왔든지,
아무튼 떠들지 않고는 못 배기는…….

오델로 그놈이 뭐라고 하던가?

이야고 네, 그러나 미리 말씀드리지만, 여차하면 자기는

모른다고 잡아뗄 수 있는 정도의 내용이었습니다.

오델로 뭐라고 했어?

이야고 분명히 그자는…… 글쎄, 뭐라더라.

오델로 뭐랬어? 뭐랬어?

이야고 잤다구요……!

오델로 내 아내하고?

이야고 같이요. 그리고 타고 태우고 여러 가지로.

오델로 그놈과 같이 자! 타고 태웠다고? 내가 속았단 말이지? 으음, 같이 잤다구! 에잇, 더럽다! ……. 손수건…… 손수건! 먼저 자백하고, 그 결과로 교수형을 받는 게 정식이지. 하지만 놈을 먼저 목 졸라 죽이고, 그러고 나서 고백시켜야지. 나도 소름이 끼친다. 무슨 예감이 아니고서는 인간이 이렇게 암담한 격정에 싸일 수는 없지. 단지 말만 듣고 이렇게 마음이 산란할 수는 없지. 흥! 코와 코를, 귀와 귀를, 입술과 입술을 비벼대고 있었구나. 그럴 수가……? 고백했나? 손수건? 아, 악마, 악마! (기절해서 쓰러진다)

이야고 작용해라, 내 약 기운아, 작용해라! 이렇게 하여 고지식한 바보들이 걸려든다. 훌륭하고 정숙한 여자들도 이렇게 억울하게 당하는 거야. 웬일이십니까? 각하! 각하! 오델로 장군 각하!

  캐시오 등장.

이야고 아, 캐시오!

캐시오 웬일인가?

이야고 장군께서 간질로 쓰러지셨습니다. 두 번째 발
  작이오. 어제도 한 번 일어났었소.

캐시오 관자놀이 부근을 문질러 드리세요.

이야고 아니오, 가만 두는 게 좋소. 이 병은 조용히 놔
  둬야 해요. 그렇지 않으면 입에 거품을 뿜고, 곧
  광포한 미치광이가 되거든요. 아, 움직이신다. 좀
  저리 비켜 주시오. 곧 의식을 회복하실 거요. 장군
  의 간질 증세가 가신 후에 당신과 중대한 문제를
  의논하고 싶은데요. (캐시오 퇴장) 어떻습니까, 장
  군? 머리가 아프십니까?

오델로 나를 놀리는 거냐?

이야고 각하를 놀려요! 천만에요, 각하께서 대장부답
  게 운명을 견뎌 내시도록 기도드리고 있습니다.

오델로 오쟁이지고 뿔이 난 남자는 괴물이다. 짐승이다!

이야고 그렇게 말씀하시면 큰 도회지에는 짐승이나 얌
  전한 체하는 괴물들로 득실거리게 되게요.

오델로 그놈이 자백했나?

이야고 정신 차리시고 생각해 보세요. 대체로 결혼한
남자는 모두 각하와 같지요. 매일 밤 눕는 잠자리
가 사실은 남의 것인데 자기 생각으로는 제 것이라
고 단정하는 남자가 수백만이나 살아 있지요. 각하
의 경우는 약과입니다. 잠자리에서 안심하고 부정
한 여자의 입술을 핥으며, 이걸 정숙한 여자라고
생각한다면 그야말로 지옥의 사냥감, 악마의 조롱
감이지요! 아니, 저 같으면 자기 입장을 알아 두겠
어요. 자신의 입장을 알면 대처하는 방법이 있을
테니까요.

오델로 음, 너는 현명하다, 확실히 그래.

이야고 잠깐 이 자리를 비켜 주세요. 잠깐 참고 계십
시오. 아까 각하가 상심한 나머지 여기 쓰러져 계
셨을 때, 그건 정말 각하답지 않은 흥분이었지만,
캐시오가 왔길래 적당히 돌려보냈습니다. 기절하고
계신 데 대해서는 잘 얼버무려 놓고, 할 얘기가 있
으니 다시 오라고 했더니 그러겠다고 하더군요. 그
러니까 잠깐 숨어서, 그놈이 멸시나 조롱을 하지
않는가, 그놈의 얼굴 표정을 빠짐없이 잘 살펴보십
시오. 제가 그 이야기를 다시 한 번 시켜 보지요.

어디서, 어떻게, 몇 번, 그리고 전에 언제 부인과 만났고, 또 이 다음엔 언제 만나기로 돼 있는가를. 아시겠어요? 그놈의 표정을 주의해 살펴보세요. 하지만 참으셔야 합니다. 참지 않으시면 감정에 빠져 형편없는 사람이 되고 마십니다.

오델로 듣게, 이야고. 누구보다도 냉정히 참아 보지. 허나…… 알겠어? 누구보다도 잔인한 짓도 해보이지.

이야고 그야 그러셔야죠. 그러나 너무 조바심 내지 마십시오. 저리 물러가 계십시오. (오델로 퇴장) 그러면 캐시오에게 그 비앙카, 색을 팔아서 먹고 사는 매음부 이야기를 물어 보자. 그 여자는 캐시오에게 반해 있거든. 이것은 갈보의 숙명이라고나 할까. 뭇 남자들을 속여도, 결국은 한 남자에게 속게 마련이니. 놈은 그 여자에 관한 이야기만 들으면 폭소를 참지 못하거든.

캐시오 다시 등장.

이야고 그녀석이 웃으면 오델로는 광란하겠지. 곧 터무니없는 의심을 일으켜서, 캐시오에게는 안됐지만, 웃는 꼴이나 몸짓이나 들뜬 태도 등, 모든 것을 나쁘게 해석할 거야. 어떻게 됐습니까, 부관?

캐시오 그 부관이란 소리는 말아 주게. 그 자리에서 떨려나, 죽을 지경으로 괴롭네.

이야고 데스데모나님에게 잘 부탁해 보시죠. 틀림없이 잘될 테니까요. (작은 소리로) 그렇지만 이 청이 비앙카 힘으로 된다면 당신 운명도 빨리 필 텐데.

캐시오 흥, 그까짓 게!

오델로 (방백) 아하, 벌써 웃는다!

이야고 그렇게 남자를 열렬히 사랑하는 여자는 처음 봤는데요!

캐시오 쳇, 하찮은 계집이지! 나한테 반해 있는 것만은 확실하지만.

오델로 이번엔 마지못해 부정하고, 웃으며 얼버무리는군.

이야고 그렇지만, 캐시오!

오델로 이제 그 애길 시켜 보려고 하는군. 잘한다, 잘해.

이야고 그 여자는 당신하고 결혼한다고 떠들고 다니던 데…… 캐시오, 당신도 그럴 생각입니까?

캐시오 하하핫!

오델로 의기 양양하군, 못된 놈! 그렇게 의기 양양하단 말이냐?

캐시오 그것하고 결혼! 허, 매음녀하고! 미안하지만

나도 그렇게 바보는 아냐. 그렇게 얕보지 말아 줘.
하하하!

오델로 그래 그래. 의기 양양한 놈은 웃는 법이지.

이야고 그렇지만, 당신이 그 여자와 결혼한다는 소문
이 있던데요?

캐시오 원, 농담 말아요.

이야고 농담이라뇨, 천만의 말씀!

오델로 나를 모욕했겠다? 음.

캐시오 그것은 그 암원숭이가 제멋대로 퍼뜨린 거야.
내가 약속한 게 아니라, 혼자 반해 가지고 우쭐해
서 결혼한다고 제멋대로 정한 거야.

오델로 이야고가 눈짓을 하는군. 이제 이야기를 시작
하는군.

캐시오 그 여잔 방금 여기 있었어. 어딜 가나 귀찮게
쫓아다니거든. 전번에 항구에서 베니스 사람들과
얘기하는데, 못난 것이 쫓아와서 바로 이렇게 내
목에 매달리지 않겠어?

오델로 '아 사랑하는 캐시오님!'이라고 불렀겠지. 저자
몸짓하는 모양으로 봐선 꼭 그랬을 거야.

캐시오 매달리고 축 늘어붙어서 울잖겠어. 그러고는
나를 막 흔들면서 끌어당기겠지. 하하하!

오델로 그렇게 해서 내 침실로 끌고 갔다는 거지. 아,
　　　개가 있다면 저놈의 코를 뽑아서 내던져 주고 싶군.

캐시오 하지만 언제까지나 상대해 줄 수는 없지.

이야고 아이고, 저기 오는군요.

캐시오 저놈의 족제비가! 흠, 짙은 향수 냄새가 코를
　　　찌르는군.

　　　비앙카 등장.

캐시오 그렇게 나를 쫓아다니면 어쩌자는 거야?

비앙카 당신 같은 사람은 악마보고나 쫓아다니라지!
　　　지금 준 손수건은 대체 뭘 하자는 거야? 그런 걸
　　　받다니, 나도 참 바보였지. 수를 본떠 달라구요?
　　　방에 떨어져 있었는데 누가 떨어뜨렸는지 모른다구
　　　요! 그럴싸하군요! 어떤 바람둥이년이 준 거겠지.
　　　그걸 나보고 본을 떠달라고? 당신의 바람둥이년에
　　　게나 주시구려. 어디서 가져왔는지 모르지만, 난
　　　본떠 주기 싫어요!

캐시오 이봐, 비앙카! 왜 그래, 응?

오델로 확실히 저건 내 손수건일 거야!

비앙카 오늘밤 식사하러 오세요. 만약 못 오시겠으면,
　　　이 다음에 부를 때 나오세요. (퇴장)

이야고 뒤따라가 봐요, 어서, 캐시오. 그래야지, 내버
　　　려 두면 한길에서 떠들 거니까. 헌데, 그곳에서 식
　　　사하실 거요?

캐시오 음, 그렇게 할 참이야.

이야고 그럼 나도 찾아갈지 모르겠소. 꼭 할 얘기가
　　　있으니까.

캐시오 꼭 와요. 오는 거지?

이야고 아무 말 말고 어서 따라가 봐요. (캐시오 퇴장)

오델로 저놈을 어떻게 죽일까, 이야고?

이야고 나쁜 짓을 하고도 재미있어 하는 걸 보셨지요?

오델로 아아, 이야고!

이야고 손수건도 보셨지요?

오델로 내 거던가?

이야고 각하 것입니다, 분명히! 부인을 꼭 바보 취급
　　　하고 있잖습니까! 부인이 주신 걸 자기의 갈보년에
　　　게 줘버리다뇨.

오델로 그놈을 두고두고 곯려서 죽이고 싶어. 아내는
　　　훌륭한 여자다! 아름다운 여자다! 상냥한 여자다!

이야고 아니오, 그건 이제 다 잊으셔야 합니다.

오델로 음, 그년 오늘밤 안에 썩어 버려라, 꺼져 없어
　　　져라, 지옥에나 떨어져 버려라! 절대로 살려 두지

않을 테다! 내 염통은 돌같이 돼버렸다. 염통을 때리면 손이 오히려 아플 지경이다. 아아, 이 세상에서 그렇게 귀여운 것은 없어. 임금님 옆에 누워서 그 사업을 지휘할 자격도 있는 여자지.

이야고 안 되겠습니다. 오델로님답지 않습니다.

오델로 못된 년! 아니, 나는 사실대로 말하는 거야. 바느질도 잘하고 음악도 잘한다. 아아, 그것이 노래를 부르면 성난 곰도 얌전해진다. 재주 있고, 재치 있고…….

이야고 그러니까 더욱 나쁘다는 겁니다.

오델로 그래, 정말 그래……. 하지만 정말 얼마나 얌전하다고.

이야고 예, 지나치게 얌전하죠.

오델로 응, 정말 그래. 그렇지만 불쌍하다, 이야고! 정말 불쌍하다, 이야고!

이야고 부인의 부정에 그렇게 미련을 가지실 바에야, 차라리 정식으로 간통을 허락해 주시지요. 장군만 아무렇지도 않다면 다른 사람은 개의할 바가 아니니까.

오델로 그년을 갈기갈기 찢어 놓겠어. 간통을 하다니!

이야고 정말 더러운 여자입니다.

오델로 더군다나 나의 부관하고!

이야고 그러니까 더욱 더럽지요.

오델로 독약을 가져와, 이야고. 오늘 밤에 당장! 나는 변명 같은 건 안 들어 줄 테다. 아름다운 얼굴을 보면 결심이 흐려질 테니……. 오늘밤에 말야, 이야고.

이야고 독약은 안 됩니다. 목을 조르시지요, 잠자리에서, 그 여자가 더럽혀 놓은 바로 그 잠자리에서.

오델로 음, 좋다. 그게 좋겠다. 그래야겠어.

이야고 그리고 캐시오의 처분은 제가 맡게 해주십시오. 밤중까지는 다른 보고를 가지고 오겠습니다.

　　(안에서 나팔소리)

오델로 좋아! 저건 무슨 나팔소린가?

이야고 필경 베니스에서 누가 온 모양이죠. 아, 공작한 테서 로도비코님이 오셨습니다! 부인이 같이 오시는데요.

　　　　로도비코, 데스데모나, 시종들 등장.

로도비코 안녕하십니까, 장군!

오델로 아, 안녕하십니까?

로도비코 베니스의 공작 각하와 원로원 의원들의 안부

　　　　를 전합니다. (편지를 준다)

오델로 편지는 감사히 받겠습니다. (편지를 뜯어서 읽는다)

데스데모나 뭐, 별다른 소식이라도 있어요, 로도비코 님?

이야고 뵙게 돼서 반갑습니다, 각하. 키프로스에 잘 오
　　　　셨습니다.

로도비코 고맙네. 부관 캐시오는 잘 있는가?

이야고 예, 잘 있답니다.

데스데모나 그 사람과 우리 주인은 슬프게도 사이가
　　　　나빠졌어요. 당신이면 반드시 화해시킬 수 있을 거
　　　　예요.

오델로 정말 그럴 수 있을까?

데스데모나 네?

오델로 (편지를 읽는다) ‘이 일은 꼭 이행하시기 바라며,
　　　　귀하의……．’

로도비코 부르신 게 아니라, 열심히 편지를 읽고 계시
　　　　오. 장군하고 캐시오하고 사이가 나쁜가요?

데스데모나 정말 슬픈 일이에요. 두 분 사이를 이전같
　　　　이 해주신다면, 저는 뭐든지 하겠습니다. 저는 캐
　　　　시오님이 좋으니까요.

오델로 에잇, 빌어먹을!

데스데모나 네?

오델로 당신은 제정신이오?

데스데모나 왜 그러실까. 화가 나셨나 봐?

로도비코 편지에 기분이 상한 모양이오. 그것은 캐시
　　오를 후임으로 하고 돌아오라는 편지 같으니까.

데스데모나 어머, 기뻐라!

오델로 정말 그래!

데스데모나 무엇 말예요?

오델로 나도 기뻐, 당신이 미쳐서.

데스데모나 무슨 소리예요, 오델로님!

오델로 (데스데모나를 때리며) 악마야!

데스데모나 제가 뭘 잘못했나요?

로도비코 장군, 이것을 내가 이 눈으로 직접 봤다고
　　단언해도 베니스에서는 아무도 곧이듣지 않을 거
　　요. 너무 하십니다. 위로해 드리시오. 울고 있지
　　않습니까?

오델로 아, 악마다, 악마! 이 대지가 계집의 눈물로 임
　　신한다면, 네년이 흘리는 빈 눈물 방울 하나하나에
　　서 악마가 태어나겠지. 가버려!

데스데모나 그렇게 화나신다면 가지요. (가려고 한다)

로도비코 얼마나 온순한 부인입니까. 장군, 다시 부르
　　시오.

오델로 이거 봐!

데스데모나 네?

오델로 이 여자와 무슨 할 말이 있소?

로도비코 누가요? 나 말이오?

오델로 아, 당신이 불러 달라고 하시잖았소. 이 여자는
몇 번이고 돌아오지요. 아아, 몇 번이고 돌아눕지
요. 그리고 울고요. 아주 잘 울어요. 게다가 온순
하고요. 당신 말대로 온순하고요. 암, 온순하죠.
자, 더 울어 봐. 이 편지는, 홍, 정말 우는 시늉도
잘하는군! 나더러 귀국하라는 명령이오. 당신은 들
어가요. 이따가 부를 테니. 각하, 명령에 복종해서
베니스로 돌아가겠습니다. 썩 들어가! (데스데모나
퇴장) 캐시오를 후임으로 하겠습니다. 그리고 각하,
오늘 저녁식사를 같이 하십시다. 키프로스에 잘 오
셨습니다. 아아, 음탕한 년! (퇴장)

로도비코 저 사람이, 의원들 전부가 이구 동성으로 무
엇 하나 나무랄 데 없다던 무어 장군인가? 저 사람
이, 어떠한 감정에도 동하지 않는다는 바로 그 사람
인가? 지조가 꿋꿋하고, 어떠한 사건이나 재난에도
꺾이거나 동요하지 않는다는 그 사람이란 말인가?

이야고 몹시 변하셨습니다.

로도비코 정신은 멀쩡한가? 머리가 돈 게 아닌가?

이야고 보시는 바와 같습니다. 장차 어떻게 되실는지 저로서도 말씀드릴 수 없습니다만, 현재는 아직 그렇지 않으시다면, 차라리 그렇게 돼버렸으면 좋겠습니다.

로도비코 원, 부인을 때리다니!

이야고 확실히 그건 좋지 않습니다. 그러나 그것으로 끝났으면 합니다.

로도비코 저 사람, 늘 그런가? 혹은 그 편지를 보고 화가 나서 그런 짓을 오늘 처음 한 건가?

이야고 아, 아, 제가 보고 아는 것은 말씀드리기에도 난처합니다. 직접 관찰해 보십시오. 제가 말씀 안 드려도 그분이 하는 행동을 보면 자연히 알게 되실 겁니다. 뒤따라가셔서 거동을 살펴보십시오.

로도비코 유감스럽게도 내가 그 사람을 잘못 봤어. (두 사람 퇴장)

제 2 장

성 안의 어떤 방.
오델로와 이밀리아 등장.

오델로 그럼 아무것도 못 봤단 말이지?

이밀리아 못 봤을 뿐 아니라 들은 적도, 미심쩍게 여
긴 적도 없어요.

오델로 그렇지만 캐시오가 내 아내와 같이 있는 것은
봤지?

이밀리아 하지만 이상한 일은 없었어요. 그리고 그때
두 분이 말씀하시는 것은 한 마디도 놓치지 않고
모두 들었어요.

오델로 그러나 둘이서 소곤대지 않던가?

이밀리아 아뇨, 절대로.

오델로 혹시 너를 밖으로 내보내지 않던가?

이밀리아 그런 일도 없었어요.

오델로 하지만 아내가 부채라든지 장갑 혹은 마스크든
뭐든 가져오라는 핑계를 하고서라도!

이밀리아 아녜요, 절대로 그런 일은 없었어요.

오델로 그건 이상하군.

이밀리아 장군님, 부인이 결백하시다는 것은 제가 영
혼을 걸고라도 보증하겠어요. 그렇지 않다고 생각
하신다면 그런 의심은 즉시 버리십시오. 그런 생각
은 자기 모독이에요. 그런 의심을 장군님 머리속에
넣어 드린 자가 있다면 그자에게는 반드시 무서운
천벌이 내릴 겁니다! 부인께서 결백치도 정숙치도
진실치도 않다면, 세상에 행복한 남자는 하나도 없
는 셈이 되지요. 아무리 마음이 깨끗한 아내라도
모두 더러운 것이 되고 마는 셈이니까요.

오델로 아내를 불러와요, 어서. (이밀리아 퇴장) 저것도
말만은 제법 하는군. 그렇지만 뚜쟁이라면 바보가
아닌 이상 그 정도는 말할 수 있지. 간사한 년 같
으니. 부정한 비밀 사건의 열쇠는 저것이 쥐고 있
어. 그런 게 제법 무릎을 꿇고 기도를 드리다니.
그걸 실제로 내 눈으로 봤거든.

데스데모나, 이밀리아 등장.

데스데모나 부르셨어요?

오델로 잠깐 이리 와요.

데스데모나 무슨 일이신데요?

오델로 어디 눈 좀 봅시다. 얼굴을 좀 쳐다봐요.

데스데모나 무슨 무서운 생각을 하고 계세요?

오델로 (이밀리아에게) 늘 하던 대로 해요. 둘만 남기고
문을 닫아 줘. 누가 오면 기침을 하든지, '에헴' 하
든지 적당히 해줘……. 장사야, 너의 장사를 하는
거야. 어서 저쪽으로 가요. (이밀리아 퇴장)

데스데모나 무슨 말씀이세요? 화를 내고 계시는 건 말
투로 알겠으나, 말씀의 내용은 하나도 모르겠어요.

오델로 어이, 당신은 뭣인가?

데스데모나 당신의 아내입니다, 당신의 진실하고 충실
한 아내입니다.

오델로 쳇, 뭐라고 맹세해도, 지옥으로 떨어질 뿐이야.
얼굴만은 천사 같으니까, 지옥의 악마들도 두려워
서 감히 손을 대지 못할 테지. 그러니까 결백하다
고 맹세하고 또 하나 죄를 더하는 게 낫겠지.

데스데모나 하느님이 잘 알고 계십니다.

오델로 하느님은 잘 알고 계시고말고, 당신이 불의를
저지르고 있다는 것을.

데스데모나 네? 누구하고요? 상대는 누군데요? 제가
무슨 불의를?

오델로 아아, 데스데모나! 가요, 가! 가버려!

데스데모나 아아, 슬퍼요! 왜 우세요? 저 때문에 우시

는가요? 이번 소환을 저의 부친의 계교라고 의심하시겠지만, 설사 그렇다 하더라도 절 나무라지 마세요. 당신과 제 아버님의 인연이 끊어졌다면 저도 당신과 같이 아버지와의 인연은 끊어진 셈이니까요.

오델로 설사 어떠한 고난이 닥치더라도, 또는 모든 고통과 모욕이 내 머리 위에 비같이 내려서 빈곤 속에 처박혀서 몸과 희망이 모두 꼼짝달싹 못하게 되더라도, 나는 마음속에만 두고 꾹 참고 있을 수 있다. 하지만, 아아, 아침부터 밤까지 세상의 조소에 이 몸을 드러내고 있어야 하다니! 아니지, 그래도 나는 참을 수 있어. 잘 참을 수 있어. 허나 당신의 그 가슴, 그 속에 나는 나의 마음을 간직해 두었어. 사는 것도 죽는 것도 거기에 달려 있지. 나의 생명의 강물이 흐르는 것도 마르는 것도, 그 샘 여하에 달려 있어. 거기에서 추방을 당하다니! 이 생을, 더러운 두꺼비들이 흘레질하여 새끼를 치는 웅덩이로 만들다니! 싱싱한 장밋빛 입술을 가진 인내의 천사도 이렇게 되면 얼굴빛이 변하고…… 그렇다, 처참한 지옥의 형상으로 돼버려라!

데스데모나 제 결백을 믿어 주세요.

오델로 암, 당신의 결백이란 푸줏간에 날아드는 여름

파리지. 지금 새끼를 깠는가 하면 벌써 배곤 하는.
아, 독초 같으니! 눈도 코도 아프게 할 만큼 아름
답고 향기 높은 독초 같으니! 당신 같은 건 태어나
지 않았더라면 좋았을 것을!

데스데모나 아, 제 자신도 모르는 사이에 저는 어떤
죄를 범하였나요?

오델로 이 결백한 종이는, 이 아름다운 책은, 이 위에
다 '매음부'라고 씌어지기 위해서 만들어졌는가? 어
떤 죄를 범했느냐고? 범했지! 에잇, 이 창부야! 네
년이 한 짓을 말로만 해도, 뺨이 용광로의 불처럼
달아올라서 수치심도 타버리고 재가 돼버릴라. 어
떤 죄를 범했느냐고! 하늘도 코를 틀어막는다! 달
도 눈을 감는다! 만나는 사람마다 키스하고 다니는
음란한 바람도, 땅 밑 굴 속에서 숨을 죽이고 듣지
않으려 할 거다. 어떤 죄를 범했느냐고? 이 뻔뻔스
런 매음부야!

데스데모나 정말 너무하십니다.

오델로 매음부가 아니냐, 네가?

데스데모나 네, 저는 그리스도교도입니다. 이 몸을 당
신을 위해 소중히 간직하며, 더러운 불의는 얼씬도
못 하게 해왔는데, 매음부라고요? 그런 여자는 아

니에요.

오델로 뭐야! 갈보가 아니야?

데스데모나 아녜요, 절대로!

오델로 확실히?

데스데모나 아아, 어떻게 하면 좋을까?

오델로 그럼 대단히 미안하게 됐군. 나는 당신을 오델로하고 결혼한 그 베니스의 교활한 창녀라고만 생각하고 있었지. (소리를 높여서) 야, 성 베드로의 반대편에서 지옥문을 지키는 아낙네!

　　　이밀리아 등장.

오델로 너다, 너야! 그래, 너지! 우리의 용무는 끝났어. 자, 수고비를 주지. 오늘 이야기는 열쇠로 잠그고 비밀로 해줘. (퇴장)

이밀리아 아아, 그분은 무엇을 생각하고 계시는 걸까? 어떻게 된 겁니까? 아, 아씨, 어떻게 된 거예요?

데스데모나 꿈을 꾸고 있는 것만 같아서.

이밀리아 아씨, 대체 어떻게 되신 겁니까, 주인님이?

데스데모나 누가?

이밀리아 주인님 말예요, 아씨.

데스데모나 주인님이라고, 누구?

이밀리아 아씨의 주인님 말예요. 아씨도, 참!

데스데모나 내게 주인님은 없어. 아무 말 말아요, 이밀리아. 울려고 해도 눈물이 안 나오지만, 대답을 하면 눈물이 쏟아져 나올 것만 같아요. 오늘밤은 내 침대에 결혼용 홑이불을 씌워 줘요……. 잊지 말고. 그리고 당신 남편을 좀 불러다 줘요.

이밀리아 정말 이렇게 변해 버리시다니! (퇴장)

데스데모나 당연하지, 나 같은 게 이렇게 되는 건. 정말 당연해. 그렇지만 내가 무엇을 했다는 걸까? 왜 그이는 나의 조그만 잘못을 그렇게 꾸짖는지 모르겠어.

이밀리아, 이야고를 데리고 등장.

이야고 무슨 용무십니까, 부인? 무슨 일이 있었습니까?

데스데모나 뭐라고 해야 좋을지 모르겠어요. 어린 아이에게 가르칠 때는 조용히 쉬운 것부터 가르치는 법이지만, 어쩜 그분도 나를 그렇게 꾸중하신 셈인지도 몰라요. 그러니까 나도 어린애처럼 꾸중을 듣고 있어야죠.

이야고 무슨 일입니까, 도대체?

이밀리아 여보, 장군님이 아씨를 매음부 취급하시고
   차마 입에 못 담을 말씀을 하셨어요. 성실한 사람
   으로선 도저히 참을 수 없을 만큼.

데스데모나 내가 그런 여잘까요?

이야고 그런 여자라니! 부인, 뭐 말입니까?

데스데모나 나를 그렇게 말했다고 지금 저 사람이 얘
   기하잖았어요.

이밀리아 아씨에게 갈보라고 하셨어요. 술에 취한 거
   지라도 자기의 정부를 부를 때 그렇게는 말하지 않
   을 거야.

이야고 왜 그러셨나요?

데스데모나 나로서는 모르겠어요. 나는 정말 그런 여
   자가 아녜요.

이야고 울지 마십시오, 울지 마십시오. 아, 어쩐 일일까!

이밀리아 그렇게 많고 좋은 혼처도, 아버지도, 태어난
   고국도, 친구도, 전부 버리셨는데 매음녀란 말을
   듣다니! 누군들 울지 않겠어요?

데스데모나 내 운이 나쁜 거야.

이야고 어디 그럴 수가! 어떻게 그런 생각을 하시게
   됐을까요?

데스데모나 아무도 모르는 일이에요.

이밀리아 이건 틀림없이 어떤 심술궂은 악한이, 비위
　　　를 맞추는 알랑꾼, 사기꾼, 거짓말쟁이, 노예놈이
　　　자리를 얻으려고 이런 중상 모략을 꾸민 거예요.
　　　제 말이 틀린다면 목을 바치겠어요.

이야고 쳇, 그런 놈이 어디 있겠어? 있을 리 없어.

데스데모나 그런 사람이 있어도 하느님은 용서해 주소서!

이밀리아 용서가 어디 있어요! 뼈다귀까지 악마더러
　　　질겅질겅 씹게 해야죠! 뭐가 매음녀야? 상대는 누
　　　구라는 거야? 어디서 어떻게 무엇이 증거란 말인
　　　가? 무어님은 어떤 엉뚱한 나쁜 놈에게, 비겁하고
　　　야비한 불한당에게, 어떤 몹쓸 놈에게 속으신 거
　　　야. 아아, 하느님, 그런 놈들을 양지로 끌어와 주
　　　세요. 그리고 정직한 인간 하나하나에게 회초리를
　　　주어서, 그놈을 발가벗겨 세상의 동쪽 끝에서 서쪽
　　　끝까지 끌고다니며 매를 때려 주게 해주세요!

이야고 밖에 들리지 않게 말해.

이밀리아 -아, 빌어먹을 녀석들! 당신의 분별을 뒤집어
　　　놓고, 나와 무어님 사이를 의심하게 만든 것도 그
　　　런 녀석일 거예요.

이야고 바보 같으니! 무슨 소리를 하는 거야?

데스데모나 아, 이야고, 어떻게 해야 그이의 기분이 다

시 돌아올까요? 가서 얘기해 보세요. 어째서 역정
을 샀는지 도저히 모르겠어. 무릎을 꿇고 맹세합니
다만, 나는 마음속으로나 실제 행동으로나, 그분의
사랑을 배반한 일은 절대로 없어요. 그분 외의 다
른 사람에게 나의 눈이나 귀나 다른 어떤 감각이
팔린 적은 한 번도 없어요. 지금도, 지금까지도,
지금부터 앞으로도, 언제나 그분만을 마음속으로
사랑해요. 설사 비참하게 버림받는다 하더라도 말
예요. 그이가 냉정하시니까 나는 살 맛이 없어요.
그래도 내 애정만은 변하지 않아요. '매음녀'라니,
그런 말, 입에 담기도 싫어요. 그런 이름으로 불리
어질 짓은 세상에 있는 보물을 다 준다 해도 나는
할 수 없어요.

이야고　부디 진정하십시오. 그저 일시적인 기분으로
하신 말씀이겠죠. 정치 관계 문제가 잘 안 돼서 부
인께 화풀이를 하신 거겠죠.

데스데모나　그것뿐이라면!

이야고　그것뿐입니다, 틀림없어요. (안에서 나팔소리) 저
녁식사를 알리는 나팔소리가 납니다! 베니스에서
온 사람들이 기다리고 있습니다. 어서 가보십시오
울지 마시고. 만사가 잘될 겁니다. (데스데모나와 이

밀리아 퇴장)

로더리고 등장.

이야고 여, 로더리고.

로더리고 자네는 나를 영 함부로 대하고 있네그려.

이야고 뭐, 잘못된 게 있나?

로더리고 매일 요리조리 피하고만 있잖아, 이야고. 지금 와서 생각해 보니 자네는 조금이라도 편의를 봐 주기는커녕, 모든 편의를 내게서 감추고 있네. 더 이상 참을 수 없어. 이젠 누가 뭐라고 해도 지금까지 바보 취급당한 것을 참고 있진 않겠어.

이야고 내 말 좀 들어 봐요, 로더리고!

로더리고 듣는 건 신물나게 들었네. 자네는 언행이 전혀 일치하지 않는 사람이야.

이야고 자네 비난은 정말 부당하네.

로더리고 절대로 부당하지 않아. 나는 돈을 전부 써버렸어. 데스데모나에게 준다고 자네가 가져간 보석은 수녀라도 함락시킬 만한 물건이야. 그걸 그녀가 받았다고 자네가 말하잖았나? 대단히 기뻐하면서, 곧 친밀해지고 싶다는 대답을 했다고 자네는 말했지 않았나? 그런데 전혀 발전이 없잖아!

이야고 좋아. 홍, 대단히 좋아!

로더리고 대단히 좋다고! 홍이라고! 뭐가 홍이야. 무
    엇이 대단히 좋단 말이야? 비겁하잖은가, 자네는.
    나도 그렇게 바보 취급만 당하고 있진 않을 테야!

이야고 대단히 좋아.

로더리고 뭐가 대단히 좋아? 나는 데스데모나에게 직
    접 부딪쳐 볼 테야. 만일 보석을 돌려주면 나도 단
    념하고 무리한 사련(邪戀)을 뉘우치겠어. 그러나 돌
    려주지 않는다면 나는 기어이 자네에게 손해 배상
    을 청구할 테야.

이야고 그렇게 말했겠다.

로더리고 말했어. 그리고 말한 이상은 반드시 실행하
    겠어.

이야고 음, 이제 보니 자네도 상당히 용기가 있는 사
    람이군그래. 지금 이 시각부터 다시 알아 모시겠
    네. 악수하세, 로더리고. 자네가 화를 내는 것도
    무리는 아닐세. 그렇지만 똑똑히 말해 두는데, 이
    번 일에서 나는 공명 정대했네.

로더리고 지금까지는 그렇게 안 보이는걸.

이야고 그야 아직 그렇게 보이지는 않을 거야. 그리고
    자네가 의심을 품는 것도 당연하지. 그렇지만 나는

오늘 그것을 알고 더욱 믿음직해졌어. 자네가 가지
고 있는 결심과 용기가 말이야……. 그게 만약 진
짜라면 그걸 오늘밤 실증해 보이게. 그 결과, 내일
밤 자네가 데스데모나와 재미를 못 본다면 나를
이 세상에서 하직시켜도 좋네. 무슨 수단으로든 상
관없으니 말이야.

로더리고 그래 뭐야, 그건? 이치에 닿고, 할 수도 있
는 일이겠지?

이야고 글쎄, 베니스에서의 특명으로 오델로 자리에
캐시오가 앉게 됐단 말씀이야.

로더리고 그게 정말인가? 그럼 뭐야, 오델로와 데스데
모나는 이제 곧 베니스로 돌아가게 되겠군.

이야고 아냐, 안 그래. 그분은 모리테니어로 간다네,
아름다운 데스데모나를 동반하고. 하지만 무슨 사
건이 일어나서 여기 더 지체할 필요가 생긴다면 문
제는 달라지지. 그러기에는 캐시오를 치워 버리는
게 상책이란 말씀이야.

로더리고 치워 버리다니, 어떻게 하자는 거야?

이야고 오델로의 자리를 인계할 수 없게 하는 거지,
그놈의 머리를 쪼개서.

로더리고 그걸 나보고 하라는 거야?

이야고 그렇지. 자네가 자기 이득과 권리를 위해 하겠
다는 용기만 있다면. 캐시오는 오늘밤 갈보 집에서
저녁을 먹게 돼 있어. 나도 같이 가게 돼 있고. 그
는 아직 자기 영전을 모르고 있어. 그 작자가 돌아
오는 것을 지키고 있다가, 내가 시각을 열두시와
한시 사이로 마련할 테니, 자네 마음대로 요리하면
어떻겠어? 내가 옆에서 거들어 줄 수 없는 이유를
자세히 들려줄게. 들어 보면 그럴 수밖에 없다고
생각할 거야. 벌써 저녁식사 시간이야. 망설이고
있다간 날이 새버려요. 자, 어서 시작하세!

로더리고 이유를 좀더 들려주게나.

이야고 암, 충분히 납득할 수 있게 들려드리지. (두 사
람 퇴장)

제 3 장

성 안의 다른 방.
오델로, 로도비코, 데스데모나, 이밀리아, 시종들 등장.

로도비코 이제 그만 들어가 보시오.

오델로 아, 미안합니다. 나는 좀 걷고 싶어서요.

로도비코 부인, 그럼 안녕히. 너무 잘 대접받았습니다.

데스데모나 와주셔서 참으로 고맙습니다.

오델로 먼저 가실까요? 참, 데스데모나!

데스데모나 네?

오델로 당신은 곧 가서 자요, 나도 곧 돌아올 테니. 시
녀는 돌려보내요.

데스데모나 네, 알았어요. (오델로, 로도비코, 시종들 퇴
장)

이밀리아 뭐라구 하세요? 아까보다는 풀리신 것 같은
데요.

데스데모나 곧 돌아오신다고 나보고 잠자리에 들어가
있으라고 하셨어. 그리고 시녀를 돌려보내라고 하
셨어.

이밀리아 저를 돌려보내라고요!

데스데모나 그러셨어. 그러니까 이밀리아, 내 잠옷을 가져와요. 그리고 가서 자요. 지금 그분의 비위를 거스르면 안 되니까요.

이밀리아 아씨는 그분을 만나지 않았더라면 좋았을 것을 그랬어요!

데스데모나 나는 그렇게 생각지 않아. 나는 진심으로 그이가 좋은걸. 그러니까 그이가 아무리 쌀쌀하게 대하셔도, 꾸중을 하셔도, 기분 나쁜 얼굴을 하셔도……. 이 핀을 빼줘……. 나는 좋아, 그이를 사랑해요.

이밀리아 말씀하신 홑이불은 침대에 깔아 놨어요.

데스데모나 아무래도 좋아. 참, 사람이란 왜 이렇게 어리석을까! 만일 내가 이밀리아보다 먼저 죽는다면, 부탁이니 그 홑이불로 나를 싸줘요.

이밀리아 어머, 그게 무슨 말씀이세요?

데스데모나 우리 어머니에게는 바바리라는 몸종이 있었어요. 그애가 사랑을 하였지. 그런데 상대방 남자가 미쳐서 그애를 버렸어. 그애는 늘 〈버들 노래〉를 부르곤 했지……. 오래된 노래야. 그래도 그애의 운명을 말한 것 같은 노래야. 그애는 그 노래를 부르며 죽었어. 오늘밤에 그 노래가 생각나는군. 나도

고개를 한쪽으로 숙이고 가엾은 바바리처럼 노래하
고 싶은 생각이 간절해. 자, 어서 가 봐요.

이밀리아 잠옷을 가져올까요?

데스데모나 아냐, 여기 핀이나 빼줘. 로도비코님은 훌
　　륭한 분이셔.

이밀리아 참 잘생기셨어요.

데스데모나 말솜씨도 좋으시잖아.

이밀리아 그분의 입술에 입맞춤하기 위해서라면, 팔레
　　스타인까지 맨발로 걸어가도 좋다고 한 여자가 베
　　니스에 있어요.

데스데모나 (노래 부른다)

　　　　무화과나무 그늘 아래
　　　　한숨짓는 가엾은 아가씨
　　　　부르자, 푸른 버들, 버들 노래를
　　　　가슴에 손을 얹고
　　　　무릎에 머리를 묻고
　　　　부르자, 버들, 버들, 푸른 버들 노래를
　　　　맑은 시냇물도 아가씨와 함께
　　　　슬픈 노래 부르네
　　　　부르자, 푸르고 푸른 버들 노래를
　　　　떨어지는 눈물 방울에

　　　　바위도 한숨짓네…….

　　이것들을 저리로 치워 줘요. (다시 노래를 계속한다)

　　　　버들, 버들, 버들 노래 부르자

　　빨리 서둘러 줘, 그이가 곧 오실 테니……. (또다
시 노래가 이어진다)

　　　　부르자, 푸른 버들 노래를

　　　　버들가지는 내 화관

　　　　그를 원망 마라, 내 못난 탓이려니…….

　　틀렸어, 그 다음이……. 누굴까, 문을 두드리는 건?

이밀리아　바람이에요.

데스데모나　(다시 노래)

　　　　거짓 사랑 나무랐더니

　　　　그때 그 임 하는 말이

　　　　버들, 버들, 버들 노래 부르자

　　　　내 다른 여자 사랑하거든

　　　　당신도 다른 남자 데려다가…….

　　자, 어서 가 자요. 눈이 간지럽군, 울 일이 있으
려나?

이밀리아　그런 게 아니에요.

데스데모나　그렇다던데? 오오, 남자란! 남자란! 세상
에 자기 남편에게 지독한 욕을 보이는 여자가 있다

는데……. 이밀리아, 정말일까?

이밀리아 그야 있지요, 물론.

데스데모나 온 세상을 다 얻는다 해도 그런 짓을 할 수 있을라구?

이밀리아 그럼 아씨는 안 하시겠어요?

데스데모나 그야 안 하지. 저 달님에게 맹세코!

이밀리아 저도 달님 앞에서는 안 하지요. 캄캄한 밤에는 할 수 있어요.

데스데모나 세계를 전부 얻는다면, 그런 짓을 하겠어?

이밀리아 세계 전부라면 굉장하잖아요. 조금쯤 나쁜 짓을 해서 그만큼 많이 얻는다면야 괜찮지 뭐예요.

데스데모나 아냐, 너는 절대로 그렇지 않을 거야.

이밀리아 아녜요, 틀림없이 할 수 있어요. 그 대신, 하려면 흔적없이 하지요. 그렇지만 일이 일인만큼, 가락지나 천 몇 자나 옷이나 속옷이나 모자나, 또는 용돈 같은 것으로는 하지 않겠어요. 그러나 세계 전부라고 하셨지요? 그야, 제 남편을 임금님으로 만든다면야 누구든지 다른 남자쯤은 보지요. 저 같으면 지옥으로 떨어지는 한이 있더라도 하지요.

데스데모나 나는 그런 나쁜 짓은 못 해요, 세계를 다 얻는다 해도.

이밀리아   나쁜 짓이래야 이 세계에서의 일 아니에요? 그러니 애를 쓴 보람으로 이 세계가 손에 들어온다면 나쁜 짓쯤은 자기 세계 안의 일이니까 곧 좋게 할 수 있잖겠어요.

데스데모나   그런 여자는 없을 것 같아.

이밀리아   있어요, 한 다스. 어디 그것뿐인가요? 나쁜 짓을 해서 얻은 세상을 나쁜 짓을 해서 만든 아이들로 가득 채울 만큼 있어요. 그렇지만 여편네가 나쁜 짓을 하는 건 남편이 나빠서 그런 것 같아요. 남편 구실을 게을리하고 여편네 주머니를 다른 년에게 털어 주고, 갑자기 터무니없이 질투하기 시작하여 가두어 놓고 때리고 심술궂게 용돈을 줄이고 하니까 그렇죠……. 이쪽도 화가 나지 뭐예요. 아무리 여자의 체모가 있다 해도 복수를 해주고 싶어지지요. 남편들에게 가르쳐 줘야지. 여편네도 감각은 마찬가지라는 걸. 대체 여편네를 다른 여자들과 바꿔 보는 건 뭣 때문일까요? 기분 전환일까요? 그럴지도 모르죠. 아니면 본래 색을 좋아해서 그럴까요? 그럴 거예요. 그렇지만, 여자도 남자처럼 색을 좋아하고, 기분 전환도 하고 싶고, 그만 실수를 하고 말 때가 있지요. 그러니까 남자들도 여편네를

위해야죠. 안 그러면 여자의 나쁜 짓은 모두 남자
가 가르쳐 준 거라고 말해 줘야죠.

데스데모나 어서 가서 자요. (이밀리아 퇴장) 하느님, 부
디 나쁜 짓을 봐도 나쁜 짓을 배우지 말게 하시고,
나쁜 짓을 거울삼아 자기를 개선하게 해주십시오.

(퇴장)

제 5 막

제 1 장

키프로스의 거리.
이야고와 로더리고 등장.

이야고 여기, 이 차양 그늘에 서 있어요. 그녀석이 곧
　　　올 거야. 칼을 빼들고 있어. 콱 찔러야 해. 빨리
　　　해, 빨리! 겁낼 것 없어. 내가 곁에 바싹 있을 테니
　　　되느냐 안 되느냐야, 알겠지? 각오를 단단히 해.
로더리고 곁에 있어 줘. 내가 실패할지도 모르니까.
이야고 바로 곁에 있을게. 대담하게 잘해 봐. (그늘에
　　　숨는다)
로더리고 별로 마음이 내키진 않지만, 듣고 나니 그만
　　　한 이유가 있군. 뭐, 사람 하나 없어지는 것뿐이
　　　지. 자, 뺀다! 이것으로 그녀석도 마지막이다.
이야고 (방백) 저 풋내기 여드름쟁이 녀석을 아플 만큼
　　　비벼 놨더니, 열이 올랐군그래. 자, 저놈이 캐시오
　　　를 죽이든지, 캐시오가 저놈을 죽이든지, 같이 맞
　　　죽든지 어쨌든 덕을 보는 건 나야. 허나 로더리고
　　　가 살아 남으면, 내가 데스데모나에게 전한답시고
　　　가로챈 막대한 금과 보석을 돌려 달라고 할 것이니

……. 그건 안 되지. 허나 캐시오가 살아남더라도 그녀석 하는 일이 훌륭해서 내 꼴이 말이 아냐. 게 다가 무어가 사실을 말할 것이니……. 이것도 대단 히 위험하지. 암만해도 그놈을 죽여야겠어. 그렇게 하기로 하자. 이제 오나 보다.

캐시오 등장.

로더리고　걸음걸이로 알지. 그놈이다. 에잇, 각오해 라!(캐시오를 찌른다)

캐시오　하마터면 큰일 날 뻔했지만, 내 옷은 네놈 것 보다는 나아. 어디 네놈 것은 어떤가 보자. (칼을 빼 로더리고를 찌른다)

로더리고　아, 다쳤다! (이야고, 뒤에서 캐시오의 다리를 찌 르고 퇴장)

캐시오　몹시 다쳤다. 사람 살려라, 여! 살인이다! 살인 이다. (쓰러진다)

오델로 등장.

오델로　캐시오 목소리군. 이야고, 약속을 지켰구나.
로더리고　아, 나는 악당이었다!
오델로　확실히 그래.

캐시오   아, 사람 살려! 불을 비춰 줘! 의사는 없어?

오델로   그녀석이다. 과연 이야고는 성실하고 정직하
군. 이처럼 친구의 모욕을 생각해 주는가! 나도 배
웠어. 갈보년, 네 상대는 이렇게 죽었다. 네년의
더럽혀진 운명도 이제 마지막이다. 갈보년아, 기다
려라. 네년의 매력도 그 아름다운 눈도, 내 가슴에
서 지워져 버렸다. 음탕한 때가 낀 네 침대를 네
음탕한 피로 물들여 줄 테다. (퇴장)

로도비코와 그레샤노 등장.

캐시오   여, 여! 야경은 어디 있어? 행인은 없어? 살인
이다! 살인이다!

그레샤노   무슨 사고가 났나 본데. 무서운 비명이군.

캐시오   사람 살려!

로도비코   저 소리는?

로더리고   아, 내가 참말 나쁜 놈이야!

로도비코   두세 사람이 신음하고 있군. 비참한 밤이군
요. 무슨 계략이 있는 모양이오. 단 둘이서 저 소
리 나는 곳으로 가까이 가면 위험하오. (두 사람 비
켜선다)

로더리고   아무도 안 오는가? 이젠 틀렸어, 이렇게 출

혈이 심해서야!

로도비코 저 소리!

이야고, 횃불을 들고 다시 등장.

그레샤노 셔츠 바람으로 오는 사람이 있소, 횃불과 칼
    을 들고.

이야고 누구냐! 살인이라고 소리 지르는 놈은?

로도비코 우리들도 모르겠소.

이야고 소리 지르는 것 들었지요?

캐시오 여기요, 여기! 제발 좀 살려 줘!

이야고 어떻게 된 일이오?

그레샤노 저건 오델로 장군의 기수요, 분명히.

로도비코 정말 그렇습니다. 용감한 사람이오.

이야고 누가 대체 그렇게 야단스럽게 소리를 질러?

캐시오 이야고인가? 아, 내가 다쳤어! 악한들한테 당
    했어! 어떻게 좀 도와주게.

이야고 아, 부관님이시군요! 악한이라니, 어떤 악한들
    이 이런 짓을?

캐시오 그 중 한 놈은 미처 달아나지 못하고 이 근처
    에 있을 거야.

이야고 괘씸한 놈들! 거기 누구요? (로도비코와 그레샤노

에게) 이리 와서 거들어 주시오.

로더리고 아, 사람 살려!

캐시오 저놈이 그 패들 중 한 놈이야.

이야고 에잇, 살인마! 죽일 놈! (로더리고를 찌른다)

로더리고 야, 이야고 놈! 개 같은 놈!

이야고 어둠 속에서 살인을 해! 살인자, 도둑놈은 어디
　　　로 도망쳤어? 왜 이렇게 시내가 조용할까! 여, 살
　　　인이다! 살인이다! 당신들은 누구요? 어느 편이오?

로도비코 잘 보시오, 알 수 있을 거니까.

이야고 로도비코님이십니까?

로도비코 그렇소.

이야고 이거 실례했습니다. 여기 이렇게 캐시오가 악
　　　한한테 다쳤습니다.

그레샤노 캐시오가?

이야고 어떻게 된 겁니까, 캐시오님?

캐시오 다리가 두 동강이 났어.

이야고 거 야단났군! 횃불을 부탁합니다. 내 셔츠로
　　　동여매 드리겠소.

　　　비앙카 등장.

비앙카 무슨 일이에요, 대체? 누구예요, 신음하는 분이?

이야고   거, 누구야? 떠드는 게!

비앙카   아, 나의 캐시오! 소중한 캐시오! 아, 캐시오,
    캐시오, 캐시오!

이야고   아, 이름난 갈보구나! 캐시오, 당신을 누가 이
    렇게 난도질을 해놨는지 전혀 모르겠습니까?

캐시오   몰라.

그레샤노   이런 봉변을 당했으리라고는 생각도 못 했
    어. 당신을 찾아다니던 중이었지요.

이야고   무슨 끈을 좀 빌려 주시오. 됐소. 아, 그리고
    의자 같은 게 있었으면 좋겠어. 조용히 운반해야겠
    는데!

비앙카   아, 까무러치시네! 아, 캐시오, 캐시오!

이야고   여러분, 암만해도 이 여자도 수상한 가담자 같
    습니다. 캐시오, 잠깐만 참으시오. 자, 잠깐 불을
    이리 주시오. 이놈의 얼굴을 확실히 봐야죠. 앗,
    이건 내 친구, 한 고향 사람 로더리고 아닌가? 아
    냐, 확실히 그래. 아, 로더리고다.

그레샤노   뭐, 베니스의?

이야고   바로 그잡니다, 당신도 아십니까?

그레샤노   암, 알고 있지!

이야고   그레샤노님이십니까? 이거 실례했습니다. 이런

잔인한 소동 틈에 전혀 몰라 뵈었습니다. 용서하십
시오.

그레샤노 아, 만나서 반갑소.

이야고 어떠시오, 캐시오? 의자를!

그레샤노 로더리고였구나!

이야고 그렇습니다, 바로 그녀석입니다. (의자가 들어온
다) 됐어, 의자를 가져왔군! 누구 힘이 센 사람이
가만히 메고 가야 해. 나는 장군님의 외과의사를
불러와야겠소. (비앙카에게) 당신은 손을 대지 마.
캐시오, 여기 쓰러져 있는 사람은 내 친구요. 둘
사이에 무슨 원한이 있었소?

캐시오 그런 일은 전혀 없었어. 도대체 난 그 사람을
몰라.

이야고 (비앙카에게) 아, 안색이 파리하게 변하는군.
빨리 안으로 메고 가요. (캐시오와 로더리고 메여 들어
간다) 잠깐 기다려 주시오. 얼굴빛이 창백하게 변하
는군. 여러분, 저것 보세요! 이 여자의 눈빛이 무
섭지요? 그렇게 쏘아봐도 소용없어. 곧 실토를 안
하고는 못 배길걸. 이년을 좀 잘 보세요. 자세히
보세요. 여러분, 아시겠지요? 그렇게 묵묵히 있어
도 나쁜 짓은 저절로 탄로나게 마련이야.

이밀리아 등장.

이밀리아　아, 웬일이세요? 어떻게 된 일이에요, 여보?

이야고　캐시오님이 여기 어둠 속에서 로더리고 일당에
　　게 당했어. 다른 놈들은 다 도망쳤어. 그분은 중상
　　을 입고, 로더리고는 죽었어.

이밀리아　어머! 그분이! 가엾게, 캐시오님!

이야고　그건 다 오입질 탓이야. 이봐, 이밀리아. 캐시
　　오님께 가서, 오늘 저녁식사를 어디서 했는가 물어
　　봐요. (비앙카에게) 뭐야, 지금 한 말에 왜 떠는 거
　　야?

비앙카　그분은 우리집에서 저녁식사를 하셨어요. 하지
　　만 그 일 때문에 떠는 건 아니에요.

이야고　역시 그랬었군? 자, 명령이다, 가자!

이밀리아　흥, 갈보!

비앙카　나는 갈보가 아니에요. 당치 않은 소리 말아
　　요! 그런 말을 하는 당신같이 떳떳한 여자니까.

이밀리아　나같이라고? 흥, 무슨 소리야!

이야고　여러분, 캐시오가 치료받는 걸 보러 갑시다. 비
　　앙카, 너도 따라와! 더 물어 볼 게 있어. 이밀리아,
　　당신은 성으로 뛰어가서 장군님과 부인께 이 사건
　　을 보고해요. 여러분, 자, 앞장을 서실까요? (방백)

오늘밤은 성공하느냐, 완전히 파멸하느냐 둘 중의
하나다. (모두 퇴장)

제 2 장

성 안의 침실.
데스데모나 침대에서 자고 있다. 등불이 타고 있다. 오델로 등장.

오델로 이것 때문이다, 바로 이것 때문이다. 정말로 순결한 별들아, 이제는 내가 이것을 입 밖에 내지 않게 해다오! 다 이것 때문이다. 그래도 나는 아내의 피는 흘리지 말자. 그 눈보다 희고 대리석과 같이 매끄러운 피부에 상처는 내지 말자. 하지만 죽여야 한다. 그러지 않으면 또 남자를 속일 거다. 우선 이 불을 끄고, 그러고 나서 목숨의 불도 꺼야지. 하지만 등불아, 나는 너를 한 번 꺼버리고 나서도 후회가 되면 다시 켤 수도 있지. 그렇지만 정묘한 자연이 만든 아름다운 네 육체 속에 타고 있는 불은 한 번 꺼버리면, 다시는 켤 수가 없지. 프로메테우스의 불을 찾아 어디를 헤매야 되나. (촛불을 내려놓는다) 한 번 꺾이면 장미는 이제 영영 살아날 길이 없지. 시들어 버릴 수밖에 없구나. 아직 가지에 있을 때 향기를 맡아 보자. (키스한다) 아, 향기 높은 입김, 정의의 신이라도 여기서는 칼을 꺾지 않을 수 없겠구나! 한 번 더, 한 번 더. 죽어서도 이대로 있어 다오. 나는 너를 죽이고, 그리고 사랑하겠어. 한 번만 더, 이게 마지막이다. 이렇게 사랑스런 것이, 그렇게 나쁠 수도 다 있을까? 눈물을 참을 수 없구나. 그러나 잔인한 눈물이다. 아니, 신성한 눈물이다. 사랑하기 때문에 철퇴를 내리는 거다. 잠을 깨나 보다.

데스데모나 누구? 오델로님?

오델로 음, 데스데모나.

데스데모나 아직 주무시지 않으세요?

오델로 데스데모나, 오늘밤 기도를 다 끝마쳤소?

데스데모나 네, 끝마쳤어요.

오델로 아직 하느님께 용서를 빌지 않은 무슨 죄가 있거든 지금 기도해요.

데스데모나 아, 여보, 그게 무슨 뜻인가요?

오델로 어서 해요, 간단히. 나는 여기를 거닐고 있을 테니. 마음의 준비도 없는 자를 죽이고 싶지는 않아. 아냐, 절대로 그런 짓은 할 수 없어. 당신의 영혼까지 죽이고 싶지는 않아.

데스데모나 죽인다구요?

오델로 그래.

데스데모나 아, 하느님, 이분을 용서하십시오!

오델로 아멘, 나도 진심으로 그렇게 비오.

데스데모나 그러시다면 죽인다고는 하지 마세요!

오델로 흐흥!

데스데모나 그래도 당신이 무서워요. 그렇게 무서운
눈망울을 하실 때는 예삿일이 아니겠지요. 왜 무서
운지 모르겠어요. 나쁜 짓은 안 했는데. 하지만 어
쩐지 겁이 나요.

오델로 자기 죄를 생각해 봐.

데스데모나 저는 당신을 사랑했을 뿐이에요.

오델로 응, 그러니까 죽어야 하는 거야.

데스데모나 사랑하니까 죽어야 한다는 건 이치에 닿지
않는걸요. 아, 왜 그렇게 입술을 깨무세요? 무슨
무서운 생각으로 몸을 떨고 계시군요. 그런 게 틀
림없어요. 그렇지만 설마 저 때문에 그러시는 건
아니시지요?

오델로 잠자코 가만히 있어!

데스데모나 그러지요. 하지만 무슨 일 때문인가요?

오델로 당신에게 준 그 손수건, 내가 그렇게도 소중히
한 물건인데, 그걸 캐시오놈에게 줬지?

데스데모나 아녜요, 절대로! 불러다 물어 보세요.

오델로 잘 생각해 봐. 거짓 맹세를 하지 않도록 해. 당
　　　신은 그 침대에서 죽어야 해.

데스데모나 네. 그렇지만 죽는 건 아직 멀었지요?

오델로 아냐, 곧이야. 그러니까 정직하게 죄를 고백하
　　　는 거야. 하나하나 맹세를 하며 부인해도, 내가 이
　　　렇게 확신하는 데는 깊은 근거가 있으니까, 그걸 제
　　　거할 수도 없고 누를 수도 없어. 당신은 죽어야 해.

데스데모나 아, 하느님, 저를 구원해 주십시오!

오델로 아멘, 나도 그렇게 기도 올리겠소.

데스데모나 그럼 당신도 저를 도와주시지요! 저는 한
　　　번도 당신에게 나쁜 짓을 한 기억이 없어요. 캐시
　　　오를 사랑한 일도 없어요. 단지 보통 생각으로 그
　　　분이 좋다고 느낀 것뿐이에요. 물건을 준 일도 없
　　　어요.

오델로 아냐, 나는 내 손수건을 그놈이 가지고 있는
　　　것을 봤어. 이 거짓말쟁이가 내 가슴을 돌같이 만
　　　드는구나! 정의를 위하여 너를 제물로 할 작정인
　　　데, 나를 단지 살인자로 만들겠다는 거냐? 나는 손
　　　수건을 봤어!

데스데모나 그럼 주웠겠지요. 전 절대로 준 일이 없어
　　　요. 그분을 이리 불러 오세요. 그리고 사실대로 고

백시켜 보세요.

오델로 고백했어, 그놈은.

데스데모나 네? 뭐라고요?

오델로 당신에게 손을 댔다고.

데스데모나 어떻게요? 불의를 저질렀다고요?

오델로 응.

데스데모나 그런 터무니없는 소릴 할 리가 없어요.

오델로 아냐, 이제 그 녀석 입은 봉해졌어. 충실한 이
　　야고가 처치해 버렸으니까.

데스데모나 아, 역시! 그분은? 그럼 죽었군요.

오델로 그놈의 머리털 한개 한개가 생명을 가졌다 해
　　도 내 복수의 상대로는 부족해.

데스데모나 그분은 간계에 걸렸군요. 저도 이제 파멸
　　이구요.

오델로 꺼져 없어져, 이 매음부년아! 내 눈앞에서 그
　　놈을 위해 울고 있느냐?

데스데모나 아, 저를 쫓아내셔도 좋아요. 그러나 죽이
　　진 마세요.

오델로 침대에서 내려와, 매음부년!

데스데모나 내일 죽이세요. 오늘밤은 용서해 주세요!

오델로 아니, 반항하면……

데스데모나 반 시간만이라도!

오델로 이렇게 된 이상 지체할 수 없어.

데스데모나 한 마디 기도 올릴 동안만!

오델로 이미 때는 늦었어. (아내의 목을 졸라 죽인다)

이밀리아 (문 밖에서) 장군님, 장군님! 보세요, 여보세
요, 장군님, 장군님!

오델로 뭐냐, 저 소리는? 아직 덜 죽었나? 죽어 버리
지 않았나? 잔인한 짓은 해도 자비심은 가졌어. 고
통을 끝게 하지는 않겠어. 이렇게, 이렇게!

이밀리아 (문 밖에서) 여보세요! 장군님, 장군님!

오델로 누구냐?

이밀리아 (문밖에서) 아, 장군님, 잠깐 여쭐 일이 있어요!

오델로 음, 이밀리아군. 곧 가겠다. 이젠 죽었구나…
…. 이밀리아는 캐시오가 죽었다는 소식을 알리러
온 모양이군……. 그 소리였군. 흥! 이제 꿈틀거리
지도 않나? 무덤처럼 고요하군. 이밀리아를 들어오
라고 할까? 그래도 괜찮을까? 또다시 꿈틀거리는
것 같은데. 아니군. 어떻게 해야 가장 좋을까? 이
밀리아는 들어오면 아내에게 말을 걸겠지. 아내!
아내! 내게 아내는 없어. 아, 견딜 수 없군! 아아,
비참한 시간! 이제 일식, 월식이 일어나고 놀란 대

지는 이 변고에 아가리를 딱 벌리겠구나!

이밀리아 (문 밖에서) 부디 여쭐 말씀이 있어요. 아, 장
　　군님!

오델로 아, 깜박 잊고 있었군. 그럼 들어와, 이밀리아.
　　잠깐만 기다려, 곧 열어 줄 테니. 침대 커튼을 닫
　　아야지. 이밀리아, 어디 있어? (문을 연다)

　　이밀리아 등장.

오델로 지금이 몇 시라고, 무슨 일이야?

이밀리아 아, 장군님, 저쪽에서 살인이 났어요.

오델로 뭐, 지금?

이밀리아 지금 막입니다.

오델로 달이 망령났기 때문이야. 달이 평소의 궤도에
　　서 지구로 가까워지면 사람은 미치게 마련이지.

이밀리아 캐시오가 베니스 청년 로더리고를 죽였어요.

오델로 로더리고가 죽었다고? 캐시오도 죽었나?

이밀리아 아뇨, 캐시오는 죽지 않았어요.

오델로 캐시오는 죽지 않았다고! 그럼 암살의 곡조가
　　틀려먹었군. 모처럼의 복수가 말이 아니군!

데스데모나 아, 잘못, 잘못 살해당했어!

이밀리아 아아, 저 소리는?

오델로 저 소리라니! 뭐?

이밀리아 어머, 아아! 저건 분명 아씨 목소리예요! (커
튼을 젖힌다) 누구, 누구, 여보세요! 누구, 누구,
좀! 아, 아씨, 한 번만 더 말씀을! 데스데모나님!
아, 아씨, 어서 말씀 좀!

데스데모나 나는 억울하게 죽어요.

이밀리아 아, 대체 누가 이랬습니까?

데스데모나 누가 한 게 아냐. 내가 나빠요, 잘 있어요.
서방님께 안부 말씀드려. 아, 잘 있어요! (죽는다)

오델로 누가, 왜 이렇게 살해했을까?

이밀리아 정말 누가 이런 짓을!

오델로 아내는 자기를 죽인 게 내가 아니라고 그랬지?

이밀리아 그랬어요. 사실대로 알려야겠어요.

오델로 거짓말쟁이! 저것은 지옥의 업화(業火) 속에 떨
어졌다. 죽인 것은 나야.

이밀리아 아, 그럼 아씨는 정말 천사예요. 거기다 대면
당신은 시커먼 악마!

오델로 저것은 바보짓을 했어, 매음부였어!

이밀리아 아씨를 그렇게 모욕하다니, 이 악마!

오델로 물같이 부정한 여자였어.

이밀리아 당신은 불같이 분별이 없군요. 부인이 부정

하다뇨. 아, 아씨는 천사같이 진실하셨어요!

오델로 캐시오하고 간통했어. 믿지 못하겠다면 네 남
편에게 물어 봐. 이만한 엄청난 짓을 내가 정당한
이유도 없이 했다면, 그야말로 나는 지옥의 밑바닥
으로 떨어져도 괜찮아. 네 남편은 모두 알고 있어.

이밀리아 제 남편이!

오델로 그래, 네 남편이.

이밀리아 아씨가 불의를 저질렀다는 걸?

오델로 그래, 캐시오하고. 나는 이 여자가 정숙했다면,
하늘이 보석으로 완전 무결한 세계를 만들어 준다
해도 바꾸지 않았을 거야.

이밀리아 제 남편이!

오델로 그렇다, 처음으로 이야기해 준 게 그 사람이다.
성실한 사람이니까 불결한 행위의 더러움을 미워하
는 거야.

이밀리아 제 남편이!

오델로 아니, 왜 그렇게 자꾸 물어? 네 남편이라고 하
지 않았나.

이밀리아 아, 아씨! 악당이 장군님의 마음을 희롱한
거군요! 제 남편이 아씨를 부정하다고 했다고!

오델로 그렇다니까. 네 남편이다. 알았어? 내 친구요,

네 남편이요, 성실하고 성실한 이야고 말이다.

이밀리아 그이가 그런 말을 했다면 그놈의 사악한 영혼은 매일매일 썩어빠져라! 터무니없는 거짓말쟁이! 아씨는 이런 더러운 남편을 너무도 소중히 하셨어!

오델로 뭐?

이밀리아 마음대로 나쁜 짓을 해봐요. 과분한 부인을 이렇게 해놓은 당신 같은 건 어차피 천당에는 가지 못하니!

오델로 잠자코 있어. 그래야 이로울 테니.

이밀리아 어디, 나를 어떻게 하겠다면 맘대로 해봐요. 아, 머저리! 아, 바보! 흙 같은 무지렁이! 당신이 한 짓을……. 칼을 무서워할까 봐? 나는 당신이 한 짓을 퍼뜨릴 테요. 죽이려면 얼마든지 죽여 봐요. 사람 살려! 사람 살려! 사, 사람 살려! 무어가 부인을 죽였어요! 살인이다, 살인이다!

몬타노, 그레샤노, 이야고 등장.

몬타노 무슨 일이냐? 어쩐 일이오, 장군?

이밀리아 아, 오셨군요, 이야고. 당신도 참 장하시군요, 살인죄를 뒤집어쓸 신분이 됐으니.

그레샤노 무슨 일이야?

이밀리아 당신도 남자라면, 이 악한을 논박해 보세요.
　　부인이 나쁜 짓을 했다는 걸 당신에게 들었다고 하
　　던데요? 당신은 그런 말 하지 않았을 거야. 당신은
　　그런 악당이 아니니까. 뭐라고 말해 봐요. 나는 가
　　슴이 답답해요.

이야고 생각한 바를 말했을 뿐이야……. 그것뿐이야.
　　장군 자신도 과연 그럴 거라고 시인하셨어.

이밀리아 아니, 아씨가 불의를 저질렀다고 당신이 장
　　군께 말했어요?

이야고 했어.

이밀리아 거짓말, 더러운 거짓말! 무서운 거짓말이야,
　　정말 엉뚱한 거짓말이야! 아씨가 캐시오하고 불의
　　를 저질렀다고? 캐시오하고 했다고?

이야고 캐시오하고 했어. 입 못 다물어!

이밀리아 나는 입다물지 않을 테야. 떠들지 않곤 못
　　배겨요! 부인이 살해당했어요, 이 침상에서!

모 두 아, 큰일났군!

이밀리아 당신의 무고 때문에 일어난 살인이에요.

오델로 아, 모두 그렇게 놀라지 마오. 사실입니다, 전
　　부가.

그레샤노 믿을 수 없는 사실이군.

몬타노 아, 가공할 소행이군!

이밀리아 흉악해, 흉악해, 흉악해! 그래, 생각나는 게
있어. 그런 것 같더라니. 아, 흉악해. 그때도 그렇
게 의심했는데……. 슬퍼서 죽을 것만 같아! 아,
흉악해, 흉악해!

이야고 뭐야, 미쳤어? 집에 가 있어!

이밀리아 여러분, 제 말을 들어 보세요. 남편 말을 순
종하는 게 당연하지만, 지금은 싫어요. 저는요, 이
야고, 절대로 집에 안 가겠어요!

오델로 아! 아! 아! (침대에 쓰러진다)

이밀리아 그렇게, 그렇게 쓰러져서 으르렁거려 보세
요. 이 세상 빛을 본 사람 중에서 둘도 없이 귀엽
고 순진한 분을 바로 당신이 죽였으니!

오델로 (일어나며) 아, 저것은 간통을 했다! 아저씨, 몰
라뵀습니다. 저기 당신의 조카가 쓰러져 있습니
다. 방금 이 손으로 목숨을 끊어 놨습니다. 잔혹하
고 끔찍한 소행이라고 생각하시겠지요.

그레샤노 가엾은 데스데모나! 너의 아버지가 돌아가셔
서 다행이다. 너의 결혼에 큰 충격을 받아 비탄한
나머지, 노인의 목숨의 줄은 끊어지셨다. 지금 만

일 살아 계셔서 이 광경을 보셨다면, 무슨 짓을 하실지 몰라. 아마 수호의 천사를 떠밀어내고 지옥으로 뛰어들지도…….

오델로　불쌍합니다. 그렇지만 이야고가 알고 있습니다. 이 여자는 천 번이나 캐시오와 창피스런 행동을 했소. 캐시오는 자백했소. 더구나 처는 내가 맨 처음 준 사랑의 표시를 남자의 애욕에 대한 사례로 주었소. 나는 그자가 그걸 가지고 있는 것을 보았소. 손수건 말입니다. 그건 내 아버지가 어머니에게 선사한 아주 오랜 기념품이었소.

이밀리아　이걸 어쩌면 좋아! 아, 하느님!

이야고　야, 주둥이 닥쳐!

이밀리아　말할 테야, 나는 말할 테야! 닥치라구? 싫어요! 북풍이 마구 불어대듯이 모두 말해 버릴 테야. 신과 사람과 악마가 모두 몰려와서 입을 다물라고 악을 써도 말할 테야!

이야고　쓸데없는 말 하지 말고 집에 가.

이밀리아　안 가요. (이야고, 이밀리아를 찌르려 한다)

그레샤노　이게 무슨 짓이오? 여자한테 칼을 갖다 대다니!

이밀리아　이 얼간이 무어야! 네가 말한 손수건은 내가 주워서 남편한테 준 거야. 이상하게도 자꾸 집요한

태도로 그런 쓸데없는 물건을 훔쳐다 달라고 졸라
대기에 말야.

이야고 요년 보게!

이밀리아 아씨가 캐시오께 드렸다고요? 틀려요! 안 그
래요. 아씨가 떨어뜨린 걸 내가 주워서 남편에게
주었어요.

이야고 요년, 거짓말 작작해!

이밀리아 절대로, 절대로 거짓말이 아니에요! 여러분,
아, 살인자! 바보! 이런 바보가 그렇게도 좋으신
부인을 어떻게 한 거야?

오델로 벼락이나 맞고 뒈져라, 이 흉측하기 짝이 없는
악당! (이야고에게 달려든다. 이야고, 뒤에서 이밀리아를
찌르고 퇴장)

그레샤노 이야고 부인이 쓰러지는군. 놈이 제 처를 죽
이는군.

이밀리아 네, 그래요. 아, 나를 아씨 옆에 뉘어 주세요.

그레샤노 도망쳤군, 아내를 죽이고. 이놈!

몬타노 대단한 악당이군. 자, 이 칼은 지금 무어한테서
뺏은 칼이오. 모두들, 입구 밖에서 지키시오. 이
방에서 나가지 못하게 하고, 정 말을 듣지 않으면
차라리 죽여 버리시오. 나는 저 악한을 쫓아가겠

소. 실로 가공할 악한이로군. (오델로와 이밀리아만
남고 모두 퇴장)

오델로　나는 이제 용기도 상실했다. 저런 풋내기까지
내 손에서 칼을 뺏어 갔다. 명예도 다 잃어버린 내
가 새삼스럽게 무용을 자랑해서 무엇하랴. 이젠 아
무 미련도 없다.

이밀리아　그 노래는 무슨 전조였나 보지요, 아씨? 자,
들리나요? 저는 백조같이 노래 부르며 죽겠어요.
(노래) 버들 버들, 버들아. 무어님, 부인은 결백했
어요. 당신을 사랑했어요. 악독한 무어님, 저는 천
당에 가지요. 참말만 했으니까요, 생각한 대로 말
하며 죽는 거예요. 아, 죽어요. (숨이 끊어진다)

오델로　이 방에 또 한 자루 칼이 있었지. 스페인의 장
도가……. 얼음같이 찬 강물에 단련한……. 아, 여
기 있군. 처삼촌, 나는 밖으로 나가야겠소.

그레샤노　(문 밖에서) 그런 짓하면 목숨이 없다. 너는
무기도 안 가졌잖느냐? 조용히 하지 않으면 재미
없다.

오델로　이리 들어오셔서 말씀하시오. 그렇잖으면 맨손
으로라도 상대할 테요.

　　　그레샤노 등장.

그레샤노 왜 그래?

오델로 보시오, 칼을 가지고 있소. 이렇게 좋은 칼은 지금까지 어떤 군인도 옆구리에 차본 적이 없소. 저도 한때는 이 하찮은 팔과 이 명도(名刀)로 당신 같은 분이 두 명 한 다발이 되어서 방해를 해도 무찔렀지만……. 아, 이젠 쓸데없는 큰소리지! 누가 운명을 좌우할 수 있단 말인가? 이젠 다 글렀소. 무서워 마시오. 칼을 가지고 있어도, 이제 내 인생 여로는 끝났소. 마지막이오. 내 항로의 최후의 부두에 배는 닿았소. 무서워서 그렇게 뒤로 물러섭니까? 겁내지 마십시오. 갈대 한 가지가 이 오델로 가슴에 닿아도 난 물러납니다. 그리고 이 오델로는 어디로 가야 하나? 어디 봅시다. (침대를 돌아다본다) 당신은 어떤 얼굴을 하고 있소? 아아, 불운한 당신! 속옷같이 창백한 얼굴을 하고! 최후의 심판 날, 다시 만나게 되어 당신의 이 얼굴을 보기만 해도, 내 영혼은 하늘에서 내동댕이쳐져서 지옥의 마귀들에게 뜯어먹히겠지. 차다, 차다, 당신은! 당신의 정조도 이러했겠지. 아, 저주받을 노예놈! 지옥의 악마들아, 나를 채찍질해서 이 천사 같은 모습이 보이지 않는 곳으로 쫓아내 다오. 열풍 속으로

내 몸뚱이를 흩날려 다오! 유황불로 나를 태워 다
오! 불바다 심연 속에 나를 처넣어 다오! 아, 데스
데모나! 죽어 버렸구나! 아! 아!

로도비코, 몬타노, 들것에 실린 캐시오, 잡힌 이야고, 관리들,
등장.

로도비코 경솔하게 불운을 자청한 당사자는 어디 있어?

오델로 그는 오델로라고 불리던 놈입니다, 여기 있습
니다.

로도비코 그 독사 같은 놈은 어디 있느냐? 그 악당을
이리 끌어내라!

오델로 어디 발목 좀 보자. 악마의 발굽이 두 쪽으로
쪼개져 있다는 건 꾸민 말인가? 네 놈이 악마라면
내 칼이 들어가지 않을 거다. (이야고를 찌른다)

로도비코 칼을 뺏어.

이야고 피는 나왔다, 그렇지만 죽지는 않아.

오델로 나도 서운할 것 없다. 오히려 살려 두고 싶다.
지금의 내 심정으론 죽는 것이 행복하니까.

로도비코 아 오델로, 한때는 그처럼 훌륭하던 당신이
극악 무도한 놈의 간계에 걸렸소. 당신에게는 뭐라
고 해야 좋을지 모르겠소.

오델로 뭐라고 하셔도 좋습니다. 정의의 살인자라고나
　　　해주시오. 저는 조금도 개인적인 원한으로 아내를
　　　죽인 건 아닙니다. 모두 정의 때문에 한 것입니다.
로도비코 이놈은 당신과 공모해서 캐시오를 죽이려 했
　　　다고 이미 죄상을 자백했소.
오델로 그랬습니다.
캐시오 아, 장군님, 제게는 그렇게 당할 만한 이유가
　　　없었습니다.
오델로 확실히 그렇소. 용서하오. 이 악마 같은 놈이
　　　왜 그렇게 내 육체와 영혼을 덫에다 걸어 놨는지를
　　　좀 물어봐 주오.
이야고 물어 볼 것 없습니다. 아실 만큼 아셨으면 됐
　　　지 않습니까? 지금부터 나는 일체 말을 하지 않겠
　　　습니다.
로도비코 뭐, 기도도 안 하겠느냐?
그레샤노 고문으로 입을 열게 하지.
오델로 그래, 말을 안 하는 게 제일 상책이야.
로도비코 당신은 아직 모르겠지만, 이런 일이 있었소.
　　　여기 편지가 있소. 살해당한 로더리고의 주머니 속
　　　에서 발견된 것이오. 그리고 여기 또 한 통, 이것
　　　에는 캐시오의 암살은 로더리고가 맡기로 되어 있

었소.

오델로 오, 악당!

캐시오 극악 무도한 놈!

로도비코 또 한 통, 불평을 적은 편지, 이것 역시 그놈 주머니에 있던 것으로, 이것은 로더리고가 이 악당에게 보내려고 쓴 것 같소. 그러나 보내기 직전에 이야고가 찾아와서 결말이 지어진 모양이오.

오델로 아아, 천하에 몹쓸 놈! 캐시오, 그 손수건은 내 아내 것이었는데, 그걸 어떻게 손에 넣었나?

캐시오 제 방에 떨어져 있었습니다. 저놈이 지금 고백했습니다. 일부러 거기 떨어뜨려 놨더니, 과연 생각대로 걸려들더라구요.

오델로 아, 바보같이! 난 바보였어, 바보였어!

캐시오 그리고 로더리고는 편지에서 이야고를 비난하고 있습니다. 지난번 야경 보던 날 밤도 이놈이 로더리고를 시켜서 저하고 싸움을 하게 하고, 그 때문에 저는 면직이 됐습니다. 게다가 죽은 줄로만 알았던 저 로더리고가 입을 열고, 이야고가 자기를 베었으며 부추긴 것도 이야고라는 말을 했습니다.

로도비코 이 방을 나와, 우리들과 동행해 주시오. 당신의 관직은 모두 박탈당했소. 이제 캐시오가 이 키

프로스를 통치하게 됐소. 이 악당에게 장시간 심
한 고통을 줄 수 있는 고문 방법이 있다면, 그걸로
처벌하겠소. 그리고 당신은 베니스 정부에 죄상이
보고될 때까지 감옥에 들어가 있으시오. 자, 데리
고 가라.

오델로 잠깐, 떠나기 전에 한두 말씀 드리겠으니 들어
주시오. 나는 국가에 다소의 공적이 있소. 그건 정
부에서도 알고 있소. 허나 그걸 말하자는 게 아니
오. 단지 원하는 건, 보고서에 이 불행한 사건을
적을 때, 있는 그대로의 나를 전해 주시기 바라오.
나를 조금이라도 두둔하거나 악의를 개입시키거나
하지는 말아 주시오. 말하자면 이렇게 적어 주시
오. 분별은 부족했어도 진정, 깊이 아내를 사랑한
남자였다. 경솔하게 남을 의심하지 않는 남자였으
나 속임수에 넘어가 극도로 당혹한 나머지 어리석
은 인도인처럼 자기의 온 민족보다 값진 진주를
내던져 버렸다. 생전 울어 보지도 않던 남자가 이
번만은 슬픔에 못 이겨 아라비아의 고무나무가 수
액을 흘리듯이 억수같이 눈물을 쏟았다……. 이렇
게 써주시오. 그리고 또 한 가지만 더 전해 주시
오. 언젠가 알레포에서 터반을 두른 터키 사람이

가증스럽게도 베니스 사람을 때리고 이 나라를 모
욕하는 것을 보았을 때, 그 이교도 개놈의 모가지
를 잡고 그 목을 찔렀다고요……. 이렇게. (자기 목
을 찌른다)

로도비코   아, 처참한 죽음이구나! 지금까지 얘기한 그
의 공적이 다 허사가 돼버렸군요.

오델로   당신을 죽이기 전에 나는 키스했지. 지금은 이
렇게밖에 할 수 없다. 내 스스로 목숨을 끊고 키스
하며 죽는 길밖에. (침대에 쓰러져 죽는다)

캐시오   이런 일을 염려했습니다만, 칼은 안 가지고 있
는 줄 알았습니다. 용감한 분이셨지요.

로도비코   (이야고에게) 이 스파르타 개 같은 놈! 어떤
고통이나 굶주림이나 험한 바다보다도 더 잔악한
놈! 침대 위에 쓰러져 있는 이 비참한 시체더미를
보아라! 이건 네놈의 솜씨다. 눈도 멀어 버릴 광경
이다. 보이지 않게 가려야지. (침실 커튼을 닫는다)
그레샤노님, 이 감옥의 관리를 맡으시고 무어의 재
산을 압류해 주시오, 당신이 상속을 받아야 하니
까. 그리고 총독 각하, (캐시오에게) 이 극악인의 재
판을 각하에게 일임하겠으니, 때와 장소와 고문 방
법을 결정하시오. 아, 가차없이 처벌하시오! 나는

즉시 배에 올라 이 참사를 본국에 보고하겠소. (모
두 퇴장)

옮긴이 약력

경성대학 법문학부 영문과 졸업
동국대학교 교수

저   서
≪셰익스피어 문학집≫

역   서
≪셰익스피어 전집≫(전5권)
≪신역 셰익스피어 전집≫(전8권)

오델로   <서문문고138>

개정판 인쇄 / 1996년 5월 20일
개정판 발행 / 1996년 5월 30일
글쓴이 / 셰익스피어
옮긴이 / 김 재 남
펴낸이 / 최 석 로
펴낸곳 / 서 문 당
주소 / 서울시 마포구 성산1동 20—12호
전화 / 322—4916~8 팩스 / 322—9154
등록일자 / 1973. 10. 10
등록번호 / 제13-16

초판 발행 : 1974년 9월 15일 * 잘못된 책은 바꾸어 드립니다